Huurhuis in Berlijn

Huurhuis in Berlijn

Irina Liebmann

Vertaald door Carlien Brouwer

IN DEKNIPSCHEER

Een *FURIE*-boek

Huurhuis in Berlijn
Oorspronkelijke titel *Berliner Mietshaus*
Copyright © 1982 Irina Liebmann
Oorspronkelijke uitgave Mitteldeutschen Verlag, Halle, 1982
© Frankfurter Verlaganstalt, Frankfurt, 1990
Nederlandse vertaling © 1993 Carlien Brouwer/In de Knipscheer
Grafische vormgeving Josje Pollmann
Foto auteur Renate von Mangoldt
Eerste uitgave maart 1993
In de Knipscheer, Singel 450, 1017 AV Amsterdam
ISBN 90 71035 48 4   NUGI 320, 662 / SBO 12, 34

Huurhuis in Berlijn

Als je ergens aanbelt en met degeen die opendoet in gesprek raakt, krijg je een momentopname van een bepaald punt in de historische ontwikkeling, en als je dan vervolgens bij iedereen in het huis gaat aanbellen leveren al die uitsneden uit verschillende levens een geheel op waarin het eenmalige het oneindige weerspiegelt, bijeengehouden door hun gemeenschappelijke plaats van wonen, een bindend element dat even toevallig en vanzelfsprekend is als de verhalen zelf. Toen ik aan deze vraaggesprekken begon, in 1978, was ik benieuwd naar wat de mensen spontaan aan een vreemde zouden vertellen, die combinatie van levensbeschrijving, herinnering en commentaar. Daarom heb ik geen vraagtekens gezet bij wat me verteld werd en het niet gecheckt. De verteller moest de keus maken, ik nam de variant serieus die hij voor mij tijdens onze ontmoeting vond: zíjn beschrijving van zijn speelruimte en de toevallige raakpunten daarvan met de wereldgeschiedenis, beide in de huis-tuin-en-keukengeur van gebakken aardappels.

Ik was verrast hoe vriendelijk ik bijna overal werd binnengelaten en hoe vrijmoedig de meeste mensen over zichzelf vertelden, sommigen haast alsof ze er allang op hadden zitten wachten tot er eindelijk iemand kwam om het hun te vragen.

Het huis (1)

Het huis staat midden in de gevelrij van een gewone straat in de wijk Prenzlauer Berg, het heeft vier verdiepingen zoals alle huizen hier en op de begane grond twee winkels: een bakkerij en een lingeriezaak. De voordeur zit rechts van de twee etalages, eigenlijk meer een poort van bruingelakt hout, met ruitjes die schuingeslepen randen hebben.

Op elke verdieping zitten aan de voorkant twee oud-Berlijnse balkons, achter de ijzeren spijlen groengeverfde houten schotten en aan de zijkanten hoge glasplaten. In het voorhuis varieert het aantal kamers per woning van anderhalf tot tweeëneenhalf (de oorspronkelijke grote deftige woningen zijn hier in het begin van de jaren dertig opgesplitst), het dwarsgebouw bevat alleen anderhalf- en eenkamerwoningen (overeenkomstig het huisvestingsbeleid om in huurpanden zoveel mogelijk HAT-eenheden in één huis onder te brengen).

Het pand staat op het voormalige Land van Griebenow (Wilhelm Griebenow, geweermaker en soldaat, vertrok in 1809 met het vrijkorps van de Pruisische officier Ferdinand von Schill uit Berlijn om Duitsland van Napoleon te bevrijden, trouwde later met de dochter van de eigenaar van dit stuk grond, Zernikow, legde er twee nu nog bekende wegen aan – de Pappelallee en de Kastanienallee – en werd een van Berlijns grote grondspeculanten), het is in maart 1892 ontworpen en in januari 1893 opgeleverd, vroeger dan gepland zoals blijkt uit het bouwcon-

9

tract, omdat er 'dagelijks huurders komen dewelke willen huren en de woningen bezichtigen'. Het pand is opgetrokken in de stijl van de 'metselaarsbazenarchitectuur'. Die term ontstond in de bloeiperiode na 1871 toen er ten kantore van de handelaars in bouwmaterialen werd bedisseld hoe de bouw zou worden uitgevoerd en de metselaarsbazen al wisten hoe ze moesten bouwen en aan welke voorschriften ze zich dienden te houden. Het formaat van de percelen (doorgaans 22 meter breed en 56 meter lang) bood de mogelijkheid meerdere panden achter elkaar te bouwen, ook al omdat de bouwinspectie als minimumafmeting voor de binnenplaatsen niet meer dan vijf meter dertig in het vierkant eiste.

Het contrast tussen voor- en achterhuis strookt met de opvattingen van ingenieur James Hobrecht, die tussen 1859 en 1862 in opdracht van het Berlijnse hoofdbureau van politie een bebouwingsplan voor het noorden van Berlijn uitwerkte en daarvoor eerst een kijkje was gaan nemen in enkele grote Europese steden. Van Londen, waar arm en rijk gescheiden van elkaar in verschillende wijken woonden, was hij geschrokken, in zijn ogen vormde juist een combinatie van woningen voor welgestelden en armen 'een aanbevelenswaardige mengelmoes'. Maar wat er aan de hand van zijn compacte ontwerp in de praktijk aan straten en huizen verrees, waren huurkazernes met een bezetting van bij tijd en wijle bijna driehonderd mensen per pand. Dat heeft de verdeling naar sociale klasse over de verschillende Berlijnse woonwijken hooguit bespoedigd. Wie het zich even kon veroorloven verhuisde van zijn middenstandswoning in zo'n voorhuis naar het zuiden of westen van de stad. Daar bleven de ondernemers verschoond van de walm uit hun eigen fabrieken (dankzij de overheersende westenwind van de Noordduitse laagvlakte). Ook de eerste eigenaar van het huis, een aardappelgrossier, geeft volgens het kadaster een adres in Charlottenburg op, verkoopt het huis later aan een fotograaf, inmiddels hangt boven de voordeur al tientallen jaren het bekende bordje KWV[1] geschroefd.[*]

Stromend water en binnenwc's had het huis vanaf zijn bouw-jaar. In het trappenhuis en alle woningen was gasverlichting (in het voorhuis in meerdere kamers, in het dwarsgebouw slechts in één). Gekookt werd er op gemetselde kolenfornuizen. In 1926 liet de eigenaar een elektrische leiding in het trappenhuis aanleggen, van die hoofdleiding konden de huurders op eigen kosten een leiding laten aftakken. Nog voor de Eerste Wereldoorlog was het gaskomfoor in de keukens gemeengoed geworden, na de Tweede Wereldoorlog werd dat het gasfornuis, in de jaren vijftig en zestig zijn zowat alle kolenfornuizen uit de keukens gesloopt (er staan er nu nog acht), sinds april 1981 zijn de huurders in het pand aangesloten op aardgas en beschikken ze dankzij de KWV over een nieuwe gashaard.

De oudste bewoonster heeft haar hele leven in dit huis gezeten, anderen zijn er in 1937, 1948 en 1950 komen wonen – zeven huurders maken aanspraak op de titel van oudste bewoner.

Vijf huurders zijn nieuw in Berlijn, allemaal afkomstig uit het zuiden van de DDR.

Als je de voordeur opent zie je in het diffuse licht gestucte kransen op de muren en het plafond, stuk voor stuk olijfkleurig en stoffig, de lamp hangt aan een ananas van messing, de traptreden zijn tot het eerste portaal van steen, daarna van hout, de leuning heeft gedraaide stijlen, de muur tussen trap en leuning is groen geschilderd – als een soort imitatiemarmer (overgeverfd in de zomer van 1981: oker).

In het dwarsgebouw geen spoor van luxe, hier vallen alleen de brievenbussen op, ooit blauw geschilderd, nu roestend.

[*] De cijfers verwijzen naar verklaringen op blz. 203 e.v.

Voorhuis

Begane grond

LINGERIE EN FOURNITUREN
Beate L.

Tot boven aan toe kunstig volgestopt – de etalage. Een blauw nachthemd, een roze nachthemd, schuin naar links, schuin naar rechts, doorschijnende onderrokken, een negligé, het is net of alles zweeft, een trui houdt zijn ene mouw opgestoken, ondergoed ligt stil op een rij en over de hoeken zijn de nylonkousen, handschoenen, sokken, sokophouders, knopen en zakdoeken eerlijk verdeeld, sneeuwvlokken van karton duiden het jaargetijde aan. De sneeuw op de stoep is modderig, laat plasjes achter in de winkel, verder is alles er zoals het hoort: veel glas, veel licht, veel klanten.

Een vrouw op leeftijd bedient, vouwt ondergoed op en weer open, een andere sorteert nylons in een rek en als ze zich omdraait – wie krijgt dat voor elkaar, je toelachen als een gelijke en er toch uitzien als de cheffin?

Ik had een ouwelijke vrouw verwacht, niet dit rimpelloze gezicht met pagekapsel en blauwe ogen. Mevrouw L., de eigenares, is halverwege de dertig.

Rustig neemt ze me mee naar een achterkamertje, vraagt of ik trek heb in koffie, zet water op. Terwijl het water aan de kook komt wil ze mijn perskaart nog even zien en excuseert zich daar tegelijk voor, ze heeft de winkel nog niet zo lang. Vertelt in rap tempo wat ze zoal heeft gedaan – tien jaar bij Lucie Kaiser, drie jaar in de export, vier jaar bij een groot bedrijf, vakopleiding: avondstudie handelsschool, schriftelijke cursus exporthandel, marketing-deskundige, jaarbeurzen in Leipzig, modeshows in Moskou, dienstreisjes naar Praag en Boedapest –, geniet van mijn verbazing en zegt dat zij van haar kant totaal niet verrast is. Ze kan zich wel indenken wat ik wil gaan schrijven. Ze heeft net van haar man van die verhalen uit het dagelijks leven gekregen: *De pet van Sindbad*, door Bernd Schirmer. Nou had hij het boek eigenlijk alleen gekocht omdat die schrijver een buurman van ze is, maar het is heel vermakelijk. Verhalen over zakenreisjes en nog zo het een en ander dat ze zelf heeft meegemaakt. Dan wil ze weten of dat me iets zegt: Lucie Kaiser, Altenburg.

Ik zeg wat me erbij te binnen schiet: semi-overheidsbedrijf, paginagrote foto-advertenties in de *Sibylle*, blote schouders, lange jurken.

Feestjurken. In mijn tijd produceerden we hoofdzakelijk feestjurken en dan vooral van kant uit Plauen, herinner je je niet een kanten jurk?

Nachtenlang heeft ze dat soort kant met een nagelschaartje zitten knippen voor een bepaald model dat ook nog werd nabesteld. Het hele bedrijf moest kant knippen, dat zijn van die jeugdherinneringen, achteraf zeg je maar dat het leuk was.

Het was ook wel leuk maar misschien heeft ze alles altijd te serieus genomen, alle modelnummers altijd onthouden, dat was toch helemaal niet nodig geweest!

Het kamertje waar we zitten is een hokje, de schappen liggen volgestopt met winkelwaar, op het bureau een berg verfrommelde plastic zakjes met gerepareerde nylons erin.

Mevrouw L. schenkt de koffie op en komt tegenover me

zitten. In het schap dat de winkelruimte van het achterkamertje scheidt is een spleet gezaagd, daardoorheen kun je de winkeldeur zien, een stukje van elke klant en de handen van de verkoopster.

Mevrouw L. zegt dat de kier een goed idee van haar voorgangster is.

Ze heeft ook een kopje koffie voor de winkeljuffrouw gezet, telkens als de winkel leeg is komt de vrouw naar achteren, leunt met haar rug tegen een schap en neemt een slok.

Ze werkt al zeven jaar in de winkel, sinds twee jaar voor mevrouw L., bewonderende blik naar de cheffin, die heeft weer leven in de brouwerij gebracht. Begrijpelijk, haar voorgangster was oud, had de winkel twintig jaar, daarvóór was het naar verluidt een passementwinkel en weer dáárvoor verdwijnt alles in het duister.

Het is vast een café geweest, zegt mevrouw L., daar kwam je dan via de gang, de schappen hier zijn precies eender als hiernaast, het zal wel een bakkerij met een koffiekamertje zijn geweest.

Mevrouw L. heeft een licht Saksisch accent, ik vraag waar ze vandaan komt.

Altenburg, zegt ze glimlachend, uit Altenburg.

Ik haal me voor de geest wat ik van Altenburg weet. Een stadje op heuvels, wegen met villa's, een schouwburg.

Onze schouwburg! Een springplank! Edda Schaller kwam uit Altenburg en Martin Ritzmann en Jürgen Frohriep!

Haar zusje dweepte met Jürgen Frohriep, ze bond een tuiltje viooltjes aan zijn deurklink en is toen weggerend. Maar dat moet wel onder ons blijven, vindt mevrouw L. Dat noemt ze: intern.

Over haar zusje heeft ze het bij herhaling, die was jonger,

lang niet zo zwaar belast, had er geen benul van. Waarom lees je nooit een boek, zei ze, je stompt af. Daar had ik gewoon de puf niet meer voor, zegt mevrouw L., met die stress. In die tijd kregen we de export net van de grond!

We hebben onze koffie op, door de kier in het schap zien we de klanten komen en gaan, zien ook een stukje van de verkoopster en de zoom van een paars nachthemd dat aan het schap hangt.

Van de beroemde Lucie Kaiser naar een lingeriewinkeltje in Prenzlauer Berg, dat begrijp ik niet, en mevrouw L. begrijpt mij niet.

Dat is toch doodeenvoudig: inkopen – verkopen, of het nou duizend jurken zijn of drie stel ondergoed, wat maakt het uit? Vroeger ging het in het groot en nu in het klein.

Ze staart een poosje naar haar pastelgelakte nagels, zit ergens over te dubben.

Als ik een kind had zou ik alles doen om te voorkomen dat het zo jong met verantwoordelijkheden zou worden opgescheept. Meteen perkt ze het in: op haar twintigste vond ze het best leuk, Moskou bijvoorbeeld, zoals ze daar kaartjes ging versieren voor de opera of 's zomers de Weense ijsrevue, en drúk dat het op straat was, zoals hier alleen op 1 mei, een 'cultuurfanaat' noemden haar collega's haar.

Eindelijk even in de aanval: Zij hadden dat werk niet eens van me kunnen overnemen. Met kinderen? En al die dienstreizen dan? Het gejaag en geren? De verantwoordelijkheid?

Detailhandel houd je altijd.

Hier werk ik toch ook.

Ze is laat getrouwd, na een paar afknappers, en ze hecht aan prettig samenwonen. Misschien wel het meest van alles.

Mevrouw L. heeft haar man in de export leren kennen, 'mijn man' zegt ze op de toon waarop mensen het over erkende autoriteiten hebben. Ik vermoed dat ze met haar chef is getrouwd of met het hoofd van een andere afdeling. En jawel, drie zinnen later zegt ze dat haar man afdelingschef is en zich weleens vrolijk over haar maakt: jij met je drie man personeel!

Voor mij genoeg, zegt ze, het GEWA-warenhuis zou me te groot zijn (GEWA is ook een particuliere onderneming).

Ik wil weer vragen of ze het nou leuk vindt in haar kleine winkeltje maar ze laat zich niet in de rede vallen, legt uit dat ze het appelsap daar op de plank voor een bijrijder hebben gehaald die ondergoed van de groothandel komt bezorgen, dat ze haar personeel inzage geeft in de verkoopcijfers zoals dat in grote bedrijven gebruikelijk is en dat ze nog maar net achter het geheim van de etaleur is: je hoeft alleen de spelden maar goed te steken!

Ik ken de branche, daarom is het een makkie voor me, deze winkel.

Op verzoek van de stadsdeelraad heeft ze het lingerieassortiment van haar voorgangster uitgebreid met fournituren, niet meer dan het hoogst noodzakelijke: stopgaren, naalden, naaigaren, knopen, stootband, onderbroekenelastiek, biaisband, meer hoeft niet, het is toch al lastig genoeg om met dat kruimelspul geld te verdienen. Dat zei haar moeder ook altijd: fournituren bezorgen het meeste werk.

En zo is het maar net. De textielbranche zit toch al in het nadeel. Als ze bij Lucie Kaiser bijvoorbeeld een order had voor honderdduizend mark ging het weleens om jurken waar ze vijftien verschillende contracten voor moest sluiten. Terwijl een sector als de mijnbouw voor honderdduizend mark misschien maar één contract sluit, dus vijftien keer zoveel werk voor de textielbranche, en hier in de winkel is het al net zo: de nachthemden zijn het grootst, liggen het eerst op de plank, vijf slipjes heb je ook zo in het vak, maar eer dat je garen gesorteerd hebt!

Aan Berlijn is ze gewend geraakt. Normaal, zegt ze erover, normaal Berlijn, normale stad, normaal huis. Ze heeft net een brief van haar zusje in Altenburg gekregen, de nichtjes hebben op school carnavalsbal, daar is het heel anders, hier is het gewoon normaal. Maar waar ik wel ontzettend aan gewend ben geraakt, zegt ze en buigt zich naar me toe: Ik voel me vrijer.

Dat heeft ze gefluisterd en ze vraagt of ik haar een doorslag van mijn tekst wil sturen. Dan kunnen ze die met z'n tweeën thuis nog eens rustig bekijken.

Begane grond

De winkel is klein, met plaats voor acht klanten, bij meer kan de deur niet meer open.

Het is geen banketbakkerij maar een gewone bakker met bruinbrood, wittebrood, kadetjes en de eenvoudige koekjes en gebaksoorten die je nooit vergeet omdat je ze als kind op ooghoogte voor je zag. Er staan ook nog een paar taarten.

In de periode dat ik in dit huis mensen interviewde heb ik hier vaak brood en koekjes gekocht. Als het een droevig gesprek was of als ik opeens niet de moed had om bij een wildvreemde aan te bellen, herinnerde ik me de troostende broodgeur en ging ik naar de bakker. Toen ik daarna in de winkel kwam om vragen te stellen werd de betovering verbroken. De oude vrouw achter de toonbank is niet de cheffin, zoals ik dacht. De cheffin staat in de deuropening naar de ovenafdeling, jong, blonde paardestaart, moe.

Ze vraagt of ik niet beter een grotere bakkerij kan uitzoeken met moderne apparatuur. Dan zegt ze: U moet het hekje naar binnen duwen.

Achter de toonbank is verbazend veel ruimte, de kamerplanten op de vitrine die me nooit waren opgevallen zien er vanaf deze kant als palmen uit.

Een klein gangetje scheidt de bakkerij van de winkel, daarachter staat de bakker te rillen van moeheid, steekt een slap handje op ter begroeting. Hij is vannacht om één uur begonnen, heeft tussen de middag in de snackbar op de hoek een koude schnitzel gegeten, daarna geslapen tot drie uur, gaat straks om zeven uur weer naar bed, staat om elf uur op en werkt dan tot zeven uur morgenochtend.

Bij de oven staat een houten trog met deeg te rijzen, ernaast vier potten. Daarin liggen op suiker, meel of melkpoeder grote klonten margarine of boter – voor taartbodems, crème of pudding. De bakker legt het verveeld uit, schudt meel op zuurdeeg, gooit gist in twee plastic emmers, schenkt er warm water bij, zet de emmers eveneens naast de oven en mompelt: Dat worden de broodjes.

De kuipen met meel heten baktroggen, één trog met roggebloem, één met tarwebloem, die planken erboven zijn werkbladen. Uit de muur steken metalen stangen, erop liggen broodplanken, lang en smal met rafelig afgesleten randen. De planken zijn van populierehout, dat hebben bakkers het liefst omdat het licht is, zegt de bakker en aait er met zijn bemeelde hand over.

Hoe oud die planken zijn weet hij niet, zo oud als alles hier in deze ouwe bedoening.

Zijn vrouw komt binnen, ze beraadslagen samen hoe oud de bakkerij kan zijn, ze zijn pas sinds twee jaar de eigenaar, hun voorganger had de boel nog maar net aan hen verkocht of de oven spatte uit elkaar – die kon weleens veertig jaar oud zijn, de bakkerij.

Deze bakkerij is achtentachtig, zeg ik, dat weet ik uit het kadaster. Hij heeft een bijzondere reputatie: hier ging het bakken altijd door. Zelfs tijdens de slag om Berlijn toen het Rode Leger al in de zijstraat stond. De bewoners van

Prenzlauer Berg moesten toen voor elk brood een toeslag betalen – een emmer water.

Het echtpaar B. hoort het verhaal voor het eerst, de vrouw lacht verrast, de man streelt zijn baard, de ouwe bedoening is dus nog ouder dan ze dachten, maar ze zouden hem hoe dan ook gekocht hebben, ze hadden al een woning hier in huis.

Kijk maar niet te goed. Wat we hier al niet geschrobd en geschilderd hebben! De vrouw zucht, alleen in de winkel heeft hun moeite geloond.

Ze hadden er ook meer geld van verwacht, eigenlijk hebben ze allebei nog net zoveel als vroeger: duizend mark per maand.

De man knikt, hij was vroeger knecht bij een ambachtelijke bakker. Wist hij dan niet hoeveel een bakker verdient?

Nee, maar met brood valt ook niks te verdienen.

Voor brood betaalt de overheid subsidie, Berlijners willen geen fabrieksbrood, zonder brood krijg je geen vaste klanten, dat benne me een broodjagers!

De bakker heeft het zo nadrukkelijk over zijn veeleisende clientèle en de enorme concurrentie in Prenzlauer Berg dat ik wel moet vragen: Dus u bakt uw kruimelkoek nog met pure boter?

Met niks as boter! – Hij haalt er met beide handen een emmer bij die zijn hengsel mist, ik moet proeven of minstens ruiken – het ruikt naar boter.

Zulke broodjagers kennen wij niet, zegt de vrouw nu, met 'wij' bedoelt ze de mensen in Burg, Burg bij Maagdenburg, uit die stad zijn ze allebei afkomstig.

Meneer B. was vroeger kind aan huis in een bakkerij, ze woonden erboven, als jongen wilde hij schilder worden maar kon bij niemand in de leer, kwam weer bij de bakker terecht, nu zal hij tot zijn dood toe wel bakker blijven, niks op tegen, alleen: anderen bouwen een huis, dat blijft staan, zijn werk wordt altijd schoon opgegeten.

Inderdaad: mevrouw B., die eigenlijk in de winkel zou moeten verkopen, staat nog steeds bij ons, je hoort mensen de winkeldeur open- en dichtdoen, de rekken zijn leeg – uitverkocht.

Gaan we dicht, Peter, zegt de vrouw en de man knikt.

Mevrouw B. laat de rolluiken zakken, de man trekt een jasje aan, een vreemd stille man, lang en smal, met zo'n baardje dat tegenwoordig in is bij ingenieurs en docenten.

Met z'n drieën lopen we de bakkerij uit, meneer B. neemt een pot perzikcompote mee, veel tekst hebben we niet gewisseld met elkaar deze vrijdag. Ik neem afscheid maar mevrouw B. vraagt of we niet verder kunnen praten en ontkent dat ze moe is.

Haar man gaat nu slapen en zij moet toch tot elf uur vanavond wakker blijven om hem te wekken. Dus blijven we in het huis en lopen de trap op naar de eerste verdieping.

Eén hoog

LINKS
Erika en Peter B.

Achter de deur hondegeblaf. Pas op, zegt meneer B. onder het opendoen, daar komen de tijgers!

Twee poedels stormen naar buiten, racen de trappen op en af en de gang weer in, hijgen en janken tot de vrouw de deur naar de huiskamer opendoet, daar schieten ze over vloerkleden en bankstel, tenslotte laat de ene zich op de grond vallen, de andere blijft ons bovenop de leuning van de bank strak staan aankijken. Mevrouw B. legt uit dat de hond die daar zijn kartonnen kerstbordje met westerse chocola bewaakt Julka is.

Het kleed onder de salontafel is wit en dik. Om geen vuile sporen achter te laten til ik een punt van het kleed op om mijn voeten eronder te steken, zie op hetzelfde moment dat mevrouw B. dat ook heeft gedaan.

Haar man dekt de tafel en zet koffie zo sterk als espresso, drinkt zelf twee grote koppen en zegt dat hij desondanks wel kan slapen maar blijft zitten.

Hier op de eerste verdieping hebben de ramen afgeronde hoeken, in deze woning hangen er lichte veloursgordijnen voor met goudgalon dat past bij het wandmeubel van licht hout en de glazen met gouden randjes die erin staan.

Daar hebben we jaren voor geploeterd, zegt mevrouw B., voor dit huis, zo makkelijk gaat dat niet als je drie kinderen hebt.

Ze vertelt over de kinderen, de jongste zoon is dertien, de oudste negentien, die werkt al.

Grondwerker, zegt de vader en zucht. In wezen een begaafde jongen, maar al het gepraat heeft niets geholpen. Van alles wat er op aarde maar te weten valt wist hun zoon altijd maar één ding: welk voetbalelftal in welke opstelling op welke plek op aarde met welke score had gewonnen of verloren. Geïnteresseerd in zinloosheden! Hun dochter die is verstandig, ijverig, wordt bouwkundig ingenieur, maar de jongste is weer intelligent en lui, een vier voor gedrag, mijn god, dat wordt toch weer niks met zijn rapport.

Maar het is ook de schuld van de school, zegt de vrouw, toen ze nog met de kinderen in Burg woonde haalde de oudste alleen maar negens en tienen, toen geloofde ze nog dat haar kinderen geen enkel probleem zouden hebben met school. Toen ze naar Berlijn verhuisden zat de oudste in de vierde. Op zijn nieuwe school kwam hij bij een strenge onderwijzer in de klas en daar kreeg hij zo'n bonje mee dat mevrouw B. de jongen een jaar bij haar ouders heeft gestopt. In Burg kreeg hij weer goede rapporten, maar in Berlijn had hij daarna weer gloeiend de pest aan school en zo is het gebleven.

De man houdt zijn hoofd gebogen en zwijgt.

Mevrouw B. op de bank praat door en aait de hond Julka zonder te kijken. In Burg was ze crècheleidster, de kinderen kwamen graag, ook toen ze al te groot waren voor de crèche. Dan speelden ze met de kleintjes, elk snippertje oud papier werd ingezameld omdat mevrouw B. van het geld uitstapjes betaalde, lastige kinderen had je er niet. Zo idyllisch was het in Burg – althans in de herinnering. Waarom heeft ze die crèche eraan gegeven? In zo'n stadje had ik nooit durven scheiden, zegt mevrouw B. en haar man knikt.

Ja, hoewel ze uit dezelfde stad komen, op de kleuterschool in dezelfde klas hebben gezeten en op de middelbare met elkaar gingen, zijn ze allebei eerst met een ander getrouwd. Tien jaar geleden ontmoetten ze elkaar weer, hij bood haar aan om met haar kinderen naar Berlijn te komen, in zijn weekendhuisje, daar woonde hij omdat hij net gescheiden was. Ze waren toen allebei zevenentwintig.

Mevrouw B. vertelt hoe vreselijk ze Berlijn vond, smerig, onvriendelijk, en zij met z'n vijven eindeloos in dat piepkleine huisje, hoe ze bij de KWV voor een woning heeft geknokt en beide partijen er na twee jaar iets moois aan overhielden: mevrouw B. een gerenoveerde woning en de KWV een medewerkster. Ik zei tegen ze dat ik het beter zou doen, toen zeiden ze: ga je gang!

En niet om het een of ander maar ik doe het goed, zegt mevrouw B. Berlijn beviel haar sindsdien prima.

Haar man zegt: Omdat ze je een revolver hebben gegeven om de huur te innen.

Dat ook, zegt mevrouw B., Prenzlauer Berg is toch berucht tot in weet ik waar, ze had hier nooit naar toe gewild en toen kreeg ze niet alleen een woning in deze buurt maar ook nog de taak om een oogje op de andere huizen te houden en regelmatig poolshoogte te nemen op de eerste, tweede, derde binnenplaats en in de achterhuizen, binnen te lopen, deuren te openen. Een Berlijnse is ze er niet van geworden, ze heeft het nog steeds over: die Berlijners.

Die Berlijners doen altijd zo gejaagd, stellen zich aan om een kadetje, die Berlijners zijn verwend, ze hebben allemaal familie in het Westen zitten en je moet niet op je mondje gevallen zijn als ze brutaal worden. Dat heeft mevrouw B. bij de kwv wel geleerd, godzijdank.

Voor de bakkerij doet mevrouw B. de boekhouding en de verkoop: ik ben de organisator.

En ik voer het uit, zegt de man over tafel.

Bij ons gaat het bijvoorbeeld zo: we doen de winkel om half zes 's ochtends al eventjes open, dan komt er een oma die 's nachts niet kan slapen, die haalt dan voor de mensen bij haar in huis om zes uur de eerste broodjes, bezorgt ook nog weleens wat voor ons, daarvoor sturen we haar met haar verjaardag een plant.

Het verhaal over de oma bevalt mevrouw B., ze komt met nog meer idylles uit Prenzlauer Berg, haar man zwijgt.

Ik drink uit een chic kopje, mevrouw B. heeft het uit het vak met glazen deurtjes van het wandmeubel gehaald waar ook kristal en cognacglazen fonkelen. De bijbehorende drank staat naast mijn luie stoel op een zwenkmeubel met een verbazingwekkend assortiment voor mensen zonder familie in het Westen, al even verbazingwekkend als het behang achter de bank – een foto van een berkenbos, drie bij vier meter groot; daar heb ik me het leplazer aan geplakt, zegt meneer B., dat eens maar nooit weer. Dan springt Julka weer op de leuning van de bank om zijn kerstbordje te bewaken, iemand heeft de voordeur opengedaan.

De oudste zoon staat in de deuropening, de grondwerker, spijkerbroek, spijkerjack, vraagt: Komt er vandaag nog iets?

Je hebt toch je eigen tv, zegt zijn moeder.

Deze doet het beter, zegt zijn vader en staat op om het toestel aan te zetten. Op het scherm verschijnen een rood gordijn, een zwarte piano en een pianist met een geel gezicht. Het beeld blijft even staan, dan loopt meneer B. de andere zenders af, er zit niets opmerkelijks bij, dat was nog het beste, dat rode gordijn met die zwarte piano, de jongen houdt het

28

voor gezien, geeft ons allemaal een hand en gaat, in het buurhuis heeft hij een eenkamerwoning. Peter B. zet het toestel af, het is negen uur 's avonds, hij gaat nog even twee uur slapen.

Mevrouw B., alleen overgebleven, begint over de toekomst. Ze willen de winkel tien jaar aanhouden, met al het werk, en dan aan de rand van de stad gaan wonen, ander werk zoeken, prettig leven.

In huis is het stil, de jongste zoon is op een gegeven moment door de gang geglipt zonder binnen te komen, de dochter is op schoolreisje.

Mevrouw B. zit voor het aan elkaar geplakte herfstgele berkenbos en vertelt over zichzelf. Ze heeft ooit de opleiding voor pionierleidster[2] gevolgd, uit koppigheid omdat haar moeder had verhinderd dat ze kleuterjuf werd. Ze is geen pionierleidster gebleven, het was haar te politiek.

In de gang kan ik terwijl ik mijn jas aantrek de keuken zien, die is twee keer zo groot als normaal in deze woningen. Mevrouw B. zegt dat ze de tussenmuur naar het halve kamertje hebben weggebroken om een woonkeuken te hebben, ze is blij dat het me bevalt en legt uit hoe ze erop is gekomen om de meubels nou juist zó neer te zetten. Dan zegt ze weer: Het is allemaal nieuw.

In de vertrouwelijke omgeving van de keuken vertelt ze het verhaal van haar huwelijk, van een trouweloze man en een trotse vrouw die nooit meer teruggaat en alleen de kinderen meeneemt, verder niks, nog geen handdoek. Tegenwoordig zie je het overal, zegt ze later in de gang, dat soort scheidingen.

De honden rennen voor ons uit de trap af, op straat springen ze als ballen op, nog van verre hoor ik mevrouw B. hun namen roepen, ze staat kleumend in het schijnsel van een lantaarn te wachten.

Eén hoog

Rita U.

Als ik hier voor het eerst aanbel doet een vrouw in ochtendjas open, uit haar omhaal van gestamelde verklaringen valt op te maken dat ze ziek is, verkouden, maar beslist bereid om te praten, heel graag zelfs, alleen later, als het beter met haar gaat.

We spreken een datum af. Ik heb hem amper opgeschreven of ze trekt me aan mijn mouw en wil per se dat ik toch even binnenkom.

In de huiskamer staat de tv aan, het ochtendprogramma met volksdansgroepen, het toestel heeft een plaatsje gekregen in een gepolitoerd wandmeubel, in een luie stoel pal ervoor zit een man. Hij zit daar met zijn jas aan en kijkt me nieuwsgierig aan.

Zich niets aantrekkend van zijn nieuwsgierigheid zegt de vrouw dat ze zich nog niet heeft gewassen en ook wel een mooiere duster heeft, alleen is deze warmer, en pas als de man rusteloos wordt stelt ze me bijna plechtig voor: ze schrijft.

Vanaf dat moment doet de man hartelijk, hij springt op om me uit mijn jas te helpen, roept dat hij een lekker bakkie voor ons zal zetten en verdwijnt. De vrouw loopt naar haar ziekbed, een divan met opengeslagen beddegoed, presenteert me een sigaret en als ik bedank zegt ze dat ze zelf twee jaar geleden ook nog niet rookte. Ze haalt een fles wodka en drie glazen uit het wandmeubel, zet die op het tafeltje en gaat dan zonder haar ochtendjas uit te trekken weer liggen.

Als de koffie klaar is zitten we met z'n drieën om het salontafeltje, het tv-beeld is vervormd geraakt, de vrouw lijkt het niet te merken, ze schenkt ons wodka in, de man slaat het af, begint te vertellen en staart daarbij vijandig in zijn koffie-kopje.

Net als Rita – blik naar de vrouw in bed –, mijn collega, werk ik sinds kort in een clubhuis[3], maar geld of een eigen kamer voor het cultureel werk heb ik er niet, want de horeca-afdeling van het clubhuis gaat over de centen en zalen en die bestelt alle culturele programma's bij de Concert- en Gast-voorstellingendirectie en beschouwt mij als overbodig! Zij vullen hun zakken, maar ik heb een politieke taak!

Een uur geleden zegt de horecachef tegen me: Meneer N., u weet toch dat u maandags en dinsdags vrij hebt.

Had hij hem op straat gezet!

De economie gaat voor, roept de man, tuurlijk, anders hadden ze niet allemaal zo'n grote slee. De vrouw zit erbij te knikken en laat weer wodka in haar glas lopen tot hij zijn hoofd optilt en nadrukkelijk kalm zegt: Je drinkt te veel.

De vrouw begint zich opgewonden te verdedigen en valt hem dan verder telkens in de rede terwijl hij zijn ellende breed uitmeet: Dat is het toch: corruptie! De welvaart! Wat hadden we niet een idealen! Hoeveel tijd hebben we niet opgeofferd!

De man ergert zich, wil niet gestoord worden in zijn verzameling bewijsmateriaal voor het openbaar ministerie, maar benadrukt nu dat hij beslist de moed niet heeft verloren, hij gaat de lange mars niet uit de weg en aan het cultuurfront is het nou eenmaal altijd millimeteren, dan moet je niet pessimis-tisch worden.

De vrouw praat steeds harder, geef het toch toe, wees eerlijk, als kameraad moet je altijd klaarstaan, altijd op pad, rapporten schrijven, de anderen lachen ons uit, de kinderen maken ons verwijten. Ze moet bijna huilen en ik zie dat de man het pijnlijk vindt.

Hij geeft me zijn adres, misschien kan ik eens over het probleem schrijven, binnen het kader van mijn mogelijkheden natuurlijk, en neemt afscheid.

Als hij al met zijn jas aan voor haar staat zegt ze nog eens zachtjes: Heus, Gerhard, daar lijdt een huwelijk onder.

Dan zijn we alleen, de vrouw draait aan de tv-knoppen, zet hem niet af maar probeert alleen het beeld terug te vinden en excuseert zich voor de slechte ontvangst.

Ze verschoont het tafellaken, er zitten vlekken op van de grapefruit die de kinderen gisteren hebben gegeten, die eten ze met suiker, zegt ze, vraagt of ik alsjeblieft nog even wil blijven en presenteert weer wodka en sigaretten. Herinnert het zich dan en herhaalt dat ze twee jaar geleden ook anders leefde. Twee jaar geleden wist ze niet eens hoe een café er van binnen uitzag, maar wie ze daar op de hoek al niet allemaal is tegengekomen! Ze lacht hard en wordt dan weer stil.

Als ik wegga stapt ze haar bed uit, snoert haar ochtendjas strak om haar middel en trekt met een weids gebaar het gordijn open dat – opgehangen in een rondboog – de afscheiding naar de gang vormt. Boven elke deur tussen voordeur en gordijn zie ik zulke gemetselde rondbogen. We hebben een hoop geld in dit huis gestoken, zegt ze, en we spreken af om verder te praten als het beter met haar gaat.

Ik kom een aantal keren terug zonder iemand thuis te treffen, maar het naambordje is nog hetzelfde. Pas een half jaar later gaat de deur weer open. Er staat een jong meisje met een heel knap, sprekend gezicht, haar haar zit strak achterover

gekamd, ze kijkt me koeltjes aan en schudt van nee als ik naar
mevrouw U. vraag: Die woont hier niet.

In de gang met al die rondbogen staat een kinderwagen.

Ben jij haar dochter?

Ja, nou en? Nou woon ik hier. Ze is verhuisd. We weten
niet waar ze zit en we willen het niet weten ook.

Eén hoog

Stefan en Regina S.

Verjaarsfeestje op de vierde verdieping, ik ben uitgenodigd, het is er roezemoezig en schemerig, een jongen in een zachtwollen trui ontkurkt flessen rode wijn, schenkt in. Hé, schrijf maar eens een goed stuk over het arbeidersbestaan, zegt hij tegen me. Welk arbeidersbestaan bedoelt hij?

Telecommunicatie, ik maak telefoonaansluitingen, de jouwe heb ik ook aangelegd. Volgens mij is dat grootspraak van hem. Nou hoor dan, zegt hij, rechts in je gang dat witte gordijn, weet ik toch nog precies!

De jongen heet Stefan, woont met vrouw en zoontje in dit huis, we maken een afspraak voor een gesprek. Twee weken later doet één hoog rechts een jochie open, Stefans zoontje Robert van twee, trekt een step achter zich aan.

De woning wekt verbazing, te riant voor zulke jonge mensen. De luie stoelen waar we in zitten kosten 3500 mark, wij zijn geen doorsnee, zegt Stefan, onze ouders hebben een hoop geholpen. Zijn vrouw Regina is in verwachting, achtste maand, gaat links van me in een stoel zitten, legt haar handen op haar buik, Stefan zit rechts van me, ik kom terug op het onderwerp: het arbeidersbestaan bij de telecommunicatie. Stefan vertelt, ik noteer trefwoorden.

Bellen – wachten – spanning.

Negentig procent is er blij mee. Sommigen zijn blij dat ze het nog meemaken.

Er zit van alles bij, van het ergste getto tot riante paleizen. Je ziet meteen wat voor woning het is.

Veel poen: des te onsympathieker zijn de mensen.

Oude huizen: heerlijk, elke woning anders, koffie, verhalen, dat vind ik een kick.

Het beste: bejaarden en asocialen.

Nieuwbouw: 'k heb aan niks zo de schurft als 's ochtends zien dat ik er vijftien in de nieuwbouw moet aansluiten, 't is wel makkelijker werk maar allemaal eender – de aansluitingen, de huizen, de mensen ook, vragen allemaal hetzelfde.

De tien procent die niet blij doen over een telefoon, vertelt Stefan, krijgen hem van hun werkgever, vinden het vanzelfsprekend en behandelen hem als een butler. Asociaal noemt hij mensen met vieze gore verslonsde woningen die de indruk maken dat ze aan de drank zijn, die zijn altijd ontzettend geschikt, net als de bejaarden. Zulke mensen vertellen veel, zijn arm, geven de grootste fooi.

Stefan verdient per maand 600 mark netto.[4]

Over fooien zegt hij: We zijn erop aangewezen. In het café geef je toch ook, dat is zo normaal als wat!

Ik herinner hem eraan dat ik hem geen fooi heb gegeven, het was niet in me opgekomen dat hij er een zou kunnen verwachten.

Hij knikt, weet het nog, maar is bij mij om de een of andere reden niet pissig geworden omdat we zo leuk gepraat hadden. Dan somt hij op welke beroepsgroepen op hoeveel fooi rekenen. Als het klopt komt er een lawine op ons af.

Regina geeft me gelijk, Stefan zegt dat hij er in principe natuurlijk ook tegen is maar waarom is zijn loon dan zo laag?

Bovendien zit je alleen al aan het fooien aanpakken vast omdat je er zelf ook aldoor moet geven. Neem nou dit bankstel waar we op zitten! Voor het bezorgen heeft Stefan honderd mark gegeven, honderd maar omdat het een makker van hem was die zijn relaties had. Van een ander weet hij dat die honderd Westmark heeft moeten dokken om zulke stoelen zelfs maar onder ogen te krijgen!

Bovendien hoeft het niet veel te zijn, de fooi, soms hebben we liever vijf mark dan twintig als je ziet dat iemand het uit dankbaarheid geeft.

Zeg hoor eens even, zegt Regina, het is gewoon je werk, wat lul je nou steeds over dankbaarheid.

Ik pak het ook zonder dankbaarheid wel aan, zegt Stefan beledigd, bovendien was jij er altijd nog blij mee. En ik heb ook weleens fooi afgewezen.

Vraag: Wat is de goede manier van fooi geven?

Antwoord: Je kijkt de monteur recht aan, stopt een briefje in zijn hand en zegt: Dat is voor u.

Regina is verpleegster in een kraamkliniek en neemt niet graag fooi aan omdat ze dan het gevoel heeft dat ze verkocht is aan de patiënten. Ze verdient eveneens 600 mark netto maar dan in drieploegendienst, ze heeft werk genoeg, nu even niet omdat ze binnenkort bevalt, in haar eigen kliniek. Regina heeft haar handen op haar bolle buikje gelegd en lacht maar haar ogen staan ernstig.

Over vier weken hebben ze twee kinderen en dat op hun tweeëntwintigste, wilden ze het zo?

Ja hoor, zegt Regina, dat wilden we.

Ze heeft zelf zes broers en zusjes, Stefan vier, die ken det aok. Terwijl maar twee ervan echt familie zijn. Regina's moeder was overleden, haar vader is met een vrouw met vier kinderen hertrouwd. Gave ouders, zegt Regina, zoals die van mekaar hielden, zoals die van ons hielden, hebben ons politiek opgevoed, leven voor hun werk, echte kameraden.

Stefans vader is dokter, zijn moeder huisvrouw, zijn vier broers en zusjes hebben medicijnen gestudeerd.

Ik begrijp nu waarom hij zo graag 'arbeidersbestaan' zegt. Hij is de enige arbeider in de familie. Geen echte, zeg ik.

Maar hij voelt zich wel een arbeider!

Wat voor gevoel is dat?

Hij denkt na en zegt: Ik heb het gevoel dat er over me beschikt wordt.

Zijn eigen antwoord brengt hem van de wijs, Regina kijkt hem verwonderd aan: Dat heb je toch zelf in de hand! Je hoeft toch alleen maar je werk beter te doen!

Bedoel je dat ik hogerop moet komen? Dan hoor ik bij de leiding.

Als arbeider kan je nooit iets weten wat de leiding niet weet. Waar wou jij dan de beschikking over hebben? Bovendien, je vindt de sleur wel lekker!

Klopt ja, ik vind het wel zo makkelijk als ik niks heb in te brengen.

Jullie hebben meer in te brengen dan wij in het ziekenhuis.

Klopt, als iets ons niet zint zeggen we het meteen, maar ik voel dat ergens als een nepvrijheid.

Wat wil je dan?

Weet ik veel. Ik zei alleen hoe ik me voel.

Regina haalt geïrriteerd haar schouders op. Voel jij je anders, niet zo ingeperkt, vraag ik aan Regina.

Ze draait haar gezicht naar me toe, net een porseleinen pop met enorme blauwe ogen: *Nou!* Wat recht op inspraak betreft zeker! Onze nieuwe CAO ligt bij het hoofd van de afdeling, één exemplaar voor de hele kliniek!

Regina heeft hem nog niet gelezen maar weet wel dat er

verbeteringen in staan voor de patiënten, het wekken opge-
schoven van vier naar zes uur, hoe de verpleegsters al het werk
gedaan moeten krijgen heeft niemand gevraagd, in elk geval
heeft Regina niets gemerkt van een discussie. Op de kraamaf-
deling geldt een rookverbod nu er een arts aan het hoofd staat
die zelf niet rookt, en sinds kort moet er in de ontbijtpauze
een verpleegster op de afdeling blijven, hoewel de vrouwen
dan met hun kind zitten en niks nodig hebben. Die moet daar
nou moederziel alleen ontbijten, haar wordt niks gevraagd.

Nou, dat is dan een zwak nummer van jullie vertrouwens-
man, zegt Stefan. Regina wuift het weg.

Maar, en nu gaat ze rechtop in de kussens zitten, zoals in
Polen dat is ook geen doen. Wat willen die nou met hun
eeuwige gestaak, zonder discipline loopt er niks, geen economie, geen huwelijk, ja, ook geen huwelijk! Als we ons niet aan
mekaar aanpassen kunnen we wel meteen uit mekaar, sommige dingen bevallen me ook niet maar ik moet ze slikken. Doe
ik ook!

Stefan knikt, als hij aan Polen denkt dan krijgt hij het
benauwd. Die slepen ons nog mee, zegt hij, kweenie.

Hun zoontje komt binnen, legt zijn hoofd op Regina's
schoot, ze aait hem, we drinken koffie en appelbrandewijn,
zelfgemaakt, met een scheutje apricot brandy.

De likeurglazen zijn van kristal, de appelbrandewijnkaraf
ook, een huwelijksgeschenk – we hebben een hele hoop
gekregen, zeggen ze allebei. Er zijn tachtig man op hun
bruiloft geweest, een tuinfeest in mei was het, de volgende dag
zijn ze naar de Oostzee gegaan, daar hebben Stefans ouders
een huisje.

Haar zoontje hindert Regina bij het drinken, hij grijpt naar
haar glas, ze moet het met twee handen vasthouden. Die in
het Westen staan blanco tegenover kinderen, zegt ze erbij, die

plannen ze pas na hun dertigste.

Ergens anders hadden we misschien ook eerst eens een vakantiebaantje genomen, in de wereld rondgekeken, zegt Stefan, en...

Had ik ook veel liever gedaan, zegt ze, maar als 't nou niet gaat? En als ik hier zo lekker rustig zit en mijn sociale zekerheid heb, mijn kind zijn toekomst geregeld, dan vind ik het allang best.

Regina legt uit dat ze pas kort geleden zijn getrouwd, de periode ervoor hebben ze bewust als proeftijd beschouwd, ondanks hun zoontje. Een ongetrouwde moeder krijgt de volle ziektewetuitkering als haar kind ziek wordt, vandaar dat er heel wat niet trouwen, maar die kunnen dan ook geen aanspraak maken op het trouwkrediet. Dat krediet is renteloos (5000 mark), bij twee kinderen krijg je de helft van het bedrag kwijtgescholden. Als 'jong getrouwden' krijg je ook gauwer een huis, dit hebben ze nu drie maanden – drie kamers, keuken, badkamer. Omdat het krediet bedoeld is voor de aanschaf van huisraad hebben Regina en Stefan een koelkast en een wasmachine voor hun ouders gekocht, daar geld voor teruggekregen en op die manier konden ze zich niet lang daarna een oude Wartburg permitteren!

We hebben hartstikke mazzel, zeggen ze allebei tegelijk en het klinkt als een verontschuldiging.

Het zoontje tussen onze stoelen jengelt nu van moeheid, niemand foetert op hem, Regina aait hem, gaat hem tenslotte in het bad stoppen, komt als hij gebaad en gegeten heeft nog even met hem binnen om welterusten te zeggen, in een bloemetjespyjama en de geur van zeep en gestreken ondergoed.

Stefan houdt het gesprek gaande, hij is de gastheer en vertelt dat ze hem op de zaak willen doorsturen naar een vervolgcursus, communicatietechniek, hij bedankt ervoor omdat hij met een opleiding nooit meer in de buitendienst komt. Hij heeft een korte wipneus en als hij zo praat doet hij me denken aan het schoenmakersknechtje uit de *Berliner Volkskalender* en het beeld past ook wel: buitendienst, overzicht, oog voor mensen – vroeger brachten ze schoenen rond, tegenwoordig kan het zijn dat ze met een telefoon voor je deur staan.

Regina komt terug, gaat weer in haar stoel zitten en legt haar handen weer op haar buik. We praten verder, krijgen het op een gegeven moment over ontwapening.

Wat kan je als eenling doen?

Niks, zeggen ze allebei.

Alleen een volksbeweging kan de mensheid redden, zegt Stefan.

Die komt er nooit, zegt Regina.

Wie weet, zegt Stefan.

Dat zou een revolutie zijn, zegt Regina.

Twee hoog

Op de deur sporen van afgeschroefde naambordjes, door het sleutelgat zie ik zon in de woning schijnen, alle deuren naar de gang staan daarbinnen open, hier woont niemand meer.

Ik bel aan bij de deur ertegenover, hoor niets, dan toch geslof en de deur van de middelste woning gaat open – op een kier.

Twee hoog

Liselotte F.

De bewoner kijkt me wantrouwig aan, een vijf-centimeter-strook van een nogal oud gezicht, nu verschuift zijn haarin-plant, een vrouw met een pruik, doet open, heeft me herkend. O, u bent het, die al eens bij Bruno was, één verdieping hoger. Maar hier zijn ze allemaal dood, hoor, zeven op deze etage en ik ben de achtste, wilt u niet binnenkomen?

Mevrouw F. doet de deur open, hompelt voor me uit, laat zich op de eerste de beste stoel zakken, die staat vlak voor de vitrine met glazen en servies. Allemaal dood, zegt de vrouw, je houdt het niet voor mogelijk. Eerst rechts van Max zijn schoonmoeder, toen de vrouw van Max, toen links de hele familie R. – daar overleed eerst de moeder, toen hij, mevrouw R. kwam bij mevrouw F. aanbellen, ze vond het zo eng, haar man kwam maar niet uit de kelder terug, daar lag hij, me-vrouw F. heeft hem nog omgekeerd, hij is meteen naar het lijkenhuis gebracht, niet lang daarna mevrouw R.: wil bij FIX[5] oversteken, de mensen zeggen nog: niet doen, doet ze het toch, wordt door een vrachtwagen gegrepen, wordt ook naar het lijkenhuis gebracht, dat was nummer drie – toen Max: krijgt een dag voor zijn verjaardag zijn derde hartaanval, en nu in december mevrouw O., die vanwege de renovatie van de Dunckerstraße hierheen is verhuisd toen mevrouw R. dood was. En nou ben ik als laatste over, zegt mevrouw F. en schuift haar pruik op.

Ik ben achtenzeventig, zegt ze, en moeder zou vandaag al weer honderdtwee zijn geworden! Dat houd je toch niet voor mogelijk?

Op de ronde tafel naast me staat een bloempot met een kamerplant die zijn bladeren op het tafelblad laat hangen, voor de pot staat een foto van een oude vrouw met het gezicht van een boerin. Het was een schat van een mens, zegt mevrouw F.

Wonderlijk is dat met verjaardagen.

Die Max van hiernaast is op de negenentwintigste van de negende overleden, dat was zijn achtenzestigste verjaardag, makkelijk te onthouden omdat mevrouw M. hier in huis op de achtentwintigste van de achtste jarig is. De broer van mevrouw F., die in Beieren woonde, vierde op 11 mei '79 nog zijn tweeënzeventigste verjaardag, drie dagen later hartaanval, crisis op de negende dag, dat was op 23 mei, haar broer stierf en dat was weer precies twee dagen voor de sterfdag van hun moeder, want die was op 25 mei overleden, en dan nou mevrouw O. van hiernaast nog.

Dat was een kleine dikke schommel, haar sterfdag viel op 16 december. Die dag had mevrouw F. melk en selterswater voor haar gehaald, en brood ook want de buurvrouw voelde zich niks lekker. Om half zes 's middags komt mevrouw F. mevrouw O. de boodschappen brengen, daar roept die van de wc: Help me eens, ik kan niet overeind komen! Mevrouw F. helpt mevrouw O. door de gang, bij de keukendeur valt ze als een stok om. Mevrouw F. zegt: In 's hemelswil, wat krijgen we nou, mevrouw O.! Zij gauw naar meneer G. boven, die belt een dokter en zij de trap weer af naar mevrouw O. Die ligt daar nog net als voordien, maar mevrouw F. ziet iets: eerst knijpt haar linkerhand dicht, dan opeens haar rechter. Dat was zeker de dood.

Die mevrouw O. was ook net haar verjaardag aan het organiseren, maar tegen dat haar vriendin uit Babelsberg hier arriveerde kwam ze mooi van pas om het huishouden op te doeken, had daar zes weken voor nodig, kwam elke dag bij mevrouw F. op de koffie en merkte niet dat ze mevrouw F. op de zenuwen werkte omdat die al dat gepraat niet gewend was, ze was alleenzijn gewend!

Ik vraag wat de zeven overledenen uit de woningen links en rechts van hun vak waren, maar mevrouw F. kan er niet opkomen, verbaast zich daarover, heeft er uiteindelijk als verklaring voor dat ze elkaar alleen na het werk zagen. Zelf heeft ze bij AEG op kantoor gezeten, haar vader was daar installateur, tegenwoordig heet het bedrijf EAW Treptow, bij haar pensionering was ze stafmedewerkster voor materiaalverbruiksnormen, zo'n beroep valt toch aan geen mens uit te leggen. Altijd rekenen, zegt ze, was best leuk.

Altijd rekenen, maar altijd alleen geweest, teleurstellingen in de liefde, niks dan teleurstellingen! Van jongs af aan geen geluk gehad.

Voor mevrouw F. zal het altijd een raadsel blijven: dat je geluk verdiend kan hebben en het dan niet krijgt, dat is nog wonderlijker dan die kwestie van de verjaardagen. Maar over privé-dingen gaat ze niet vertellen, daar ziet ze niks in.

Midden in de kamer staat een trap, een paar dagen al, zegt mevrouw F. Meneer G. moet er nog eens aan herinnerd worden dat hij bij haar de lampekapjes eraf zou komen halen, die moeten nodig in het sop.

Ik schuif de trap onder de lamp, mevrouw F. wil me tegenhouden, roept dan opgetogen: Ach, ik ben niet wijs, en loopt zo snel ze kan naar de keuken om een stuk pakpapier te halen, spreidt dat naast de foto van haar moeder op tafel uit en stapelt er de glazen kapjes op.

Ach, ik ben niet wijs, roept ze bij elk kapje dat ik haar aanreik, ben ik me even dankbaar!

Al een paar keer is ze er met haar vriendin, mevrouw T., aan begonnen maar elke keer was het donker voor ze het wisten. Ik bied aan de kapjes direct af te wassen en weer vast te schroeven, daar wil ze niet van horen, haalt in plaats daarvan twee kopjes uit de vitrine en zet water op. Nou drinken we eerst even koffie, ter ere van moeder, ze komt met drie verschillende papieren zakjes terug: uit het ene haalt ze wafels, uit het tweede speculaas, uit het derde een restje kerstbrood en wel het restje dat mevrouw O. en mevrouw F. in de kersttijd hebben overgelaten, voordat alles anders zou lopen.

Een heisa! zegt mevrouw F., dat kan ik u wel vertellen.

Dan zoekt ze een brief op van de vriendin van mevrouw O., legt die voor me neer, ik lees: 'Het is voor ons een enerverende tijd geweest maar wel heel fijn. Vervelen doe ik me nou ook niet.'

Zo'n dom mens, vaart mevrouw F. opeens uit en tikt tegen haar voorhoofd, moet u nagaan, toen ik nog met mijn ouders op nummer vijf woonde is het dak afgebrand, onze woning ook, het stond in de krant met een foto, op 17 januari 1929 was de brand, de krant van 18 januari 1929 leen ik aan dat mens uit en dan verbrandt ze die krant warempel.

Tweeënvijftig jaar behoed ik die krant voor brand en dat mens heeft hem verbrand!

Zo dom! Ze tikt weer tegen haar voorhoofd, vraagt of ik mijn koffie niet te slap heb gemaakt, die nescafé dat is een goeie uitvinding. We drinken hem met koffieroom van het merk 'Hochland-Export', die stuurt haar nichtje uit Hamburg haar, mevrouw F. heeft haar grootgebracht toen haar moeder na de bevalling zenuwziek werd, nu is die meid gescheiden, na zeventien jaar huwelijk, de schuld van de secretaresse!

Mevrouw F. zucht diep, ach, zo tragisch gaat het bij ons nou altijd, en nu gaat iedereen dood en als ik de tv aanzet hebben ze het de hele tijd over oorlog! Zijn ze nou helemaal betoeterd met hun gebazel, voor de derde keer?! Voor de derde keer wijst ze naar haar voorhoofd. En het komt ook allemaal op mij neer, moet ik beneden die dode omdraaien, lieve help, leuk is anders.

Het wordt langzaam donker in de kamer, de lamp is onttakeld. Ik heb genoeg aan het licht van de tv, zegt mevrouw F. en wil me nog iets laten zien. Ze hinkt naar een hoek van de kamer, grabbelt in een wasmand en mompelt erbij: rechts drie, links vier, binnenkort is het mijn beurt, ik ga opruimen.

Stel je voor, mijn vader en moeder kwamen allebei uit Silezië maar ze hebben elkaar leren kennen in de Chausseestraße op een gemaskerd bal. Mijn moeder ging als vlinder.

En nou laat ik u een foto uit mijn jonge jaren zien, ook van een gemaskerd bal.

Voorzichtig zet ze een zware vergulde lijst op de stoel, daar achter glas zit Marlene Dietrich, zonder hoge hoed maar met blote benen en schoenen met bandjes, haar ronde koppie heel lieftallig leunend op haar hand.

Mevrouw F. bekijkt zichzelf, lacht, mijn pronkstuk! Kijk, dat was rode satijn met maraboeveren, ik ging als poederkwast. Dat was nog met mijn eerste teleurstelling.

Mevrouw F. gaat weer naar de hoek, komt met een kleinere foto terug, eveneens in een vergulde lijst. Dat ben ik ook. Ziet u dat snoer om mijn nek, da's van mijn badpak, genomen bij een boottochtje, dat was met mijn tweede teleurstelling.

Ze schudt haar hoofd, nee, het is onvoorstelbaar wat zij heeft doorgemaakt, dat gaat ze niet vertellen, maar in elk geval heeft ze schoon genoeg van haar leven. Ik heb schoon genoeg van mijn leven!

Ze gaat weer terug naar de hoek om een map met diploma's en getuigschriften te halen, maar daarvoor is het al te donker.

Da's nou dom dat we de lampen eruit hebben gehaald, maar het was toch leuk, je bezoek, zegt mevrouw F., ze had net de plant voor moeder op tafel gezet en zich afgevraagd wie ze op de koffie kon vragen.

Twee hoog

Hier kun je niet door het sleutelgat kijken, er is een extra beveiliging ingebouwd, de deur zelf zit vol krassen, op oog-hoogte hangt een briefje met de naam van de nieuwe huurder.

Naar verluidt is de woning toegezegd aan een jong echtpaar met kind, dat er echter nog niet ingetrokken is. Witte voet-sporen in het trappenhuis eindigen vaak voor deze deur, hier wordt in de vrije tijd verbouwd. De nieuwe bewoner is een lange man met een snor, hij voelt niks voor een gesprek want hij komt hier alleen om te werken. Zijn vrouw is al sjagrijnig dat het zo lang duurt met de verhuizing, ze wonen nog bij zijn schoonouders.

Het huis (2)

De stille conciërge hangt in de hal op de begane grond naast de ingang naar het trappenhuis, in 1968 zijn de naamplaatjes voor het laatst vervangen – met zwarte inkt met de hand geschreven, in vakjes zonder glas ervoor. Elke nieuwe bewoner bezit de mogelijkheid er zijn naam in te stoppen, slechts twee hebben daar gebruik van gemaakt en een papiertje met hun naam over die van de vorige huurder geplakt. De namen op de Stille Conciërge stemmen al lang niet meer overeen met die op de brievenbussen, maar in doorsnee zijn ze niet veranderd en laten ze zich lezen als een kroniek.

Een Krottke, Behnke of Dahlke zit er altijd wel bij. De uitgang -ke vindt zijn verklaring in het samengaan van een Nederduits en een Sorbisch diminutief (zoals het Nederlandse -tje), vermoedelijk zijn de oorspronkelijke dragers van deze namen vrij vroeg, ongeveer sinds de afschaffing van de horigheid in 1807, van het platteland ten noorden en zuidoosten van Berlijn naar de stad gekomen.

In de namen Raddatz en Retzlaff zit nog het Polabisch van de Slavenstam die in de vroege middeleeuwen het gebied tussen de benedenloop van de Elbe en de Oder bevolkte.

Het opvallendst zijn de Poolse namen. Vanaf het midden van de negentiende eeuw, toen de spoorlijnen van Berlijn naar Stettin (1843) en Breslau (1846) waren voltooid, kwamen de landarbeiders en geproletariseerde ambachtslieden in groten getale op de nieuwe Berlijnse industrie af. Aan die stroom vanuit het oosten van Duitsland is nooit meer een eind gekomen, perioden van hoogconjunctuur en crises wakkerden haar gelijkelijk aan, de laatste golven immigranten beleefde Berlijn in de crisisjaren en vlak na de Tweede Wereldoorlog. Die honderd jaar immigratie vanuit het oosten is ook terug te zien in de mate waarin namen geassimileerd zijn: Noack heette oorspronkelijk Nowak, wat hetzelfde is als Neumann of Naumann, een Gamroth is een door de amputatie van de Poolse uitgang -ski onherkenbaar geworden Gamrodski, nog wel Pools klinken Markowski en Kowalski en nog geheel niet verduitst zijn Adamowicz en Kowalczyk. Kowalczyk betekent overigens smid, wie naar Berlijn kwam met een vak dat hij kon uitoefenen liet vaak zijn beroepsaanduiding – Schmied, Schmidt (door ambtelijke willekeur ook wel Schmitt, Schmitz enz.), Kowalczyk, Kowalski, Kuhfahl, Kusniak of Lefevre – als bijnaam aan zijn nakomelingen na.

Ik ben in dit huis en de panden ernaast niet één van die Franse namen tegengekomen die in Berlijn dateren uit de tijd van de Hugenoten, misschien is de wijk niet chic genoeg, joodse namen heb ik ook nergens meer gelezen.

Al tientallen jaren zien de Berlijners zich geconfronteerd met nog een andere immigratiegolf, voor het eerst komt die uit het zuiden en voor het eerst is het niet materiële nood die de immigranten naar Berlijn drijft. De Saksen brengen weinig pregnante namen mee, ze heten Graf, Gentsch, Tietze of Voigt. Maar de kans dat een meisje met de achternaam Gentsch via het huwelijk een Lewandowski of Toussaint wordt, is in Berlijn wel groter dan elders.

Drie hoog

Mario M.

Op deze deur klop ik 's ochtends tegen elven, hij gaat direct open en met een schreeuw stormen twee grote jongens het trappenhuis in, staren me geschrokken aan, ze wilden een meisje verrassen, Angelika.

In plaats van Angelika ga ik nu met hen naar binnen, de ene jongen heeft lichte kattenogen, hij grijnst en zegt dat hij me hier in de buurt al vaker heeft gezien.

De andere, een donkere krullebol, doet de deur achter me op slot, ziet dat ik het heb gezien en mompelt dat het de gewoonte is. Dat is Mario, die woont hier. Zijn kamer – de kleinste van de woning – is behangen met foto's van voetbalvedettes en complete elftallen, op de kast staan bierblikjes en voetbalvlaggetjes. Ik vraag aan Mario of hij zelf ook voetbalt, nee, dat niet, hij is supporter. Bernd, zijn vriend, is ook supporter.

Ze zitten allebei in de derde klas van de middelbare school, die staat vier straten verderop, moeten ze daar nu niet zijn?

Er zijn twee uren uitgevallen, zegt Mario, Russisch, misschien is de scheikundeleraar ook nog ziek, ze gaan niet voor Angelika hen komt halen.

Ik vraag aan Mario sinds wanneer hij in dit huis woont,

sinds altijd, zegt hij, hij heeft geen broers of zusjes, dat is wel zo gezellig. Gezellig: het grote tv-toestel op het tafeltje in de hoek.

Bernd is ook in Prenzlauer Berg opgegroeid, maar wat voor spelletjes ze hier hebben gedaan weten ze allebei niet meer, prevelen iets over ballen. Eerst denk ik dat ze zich generen om over kinderspelletjes te praten, maar toen zij zes waren was er al bijna net zoveel verkeer op straat als tegenwoordig. Hier voetbalt niemand meer, zelfs niet op de binnenplaats.

Bernd biedt me een sigaret aan, KARO. Een hele kamer behangen met KARO-pakjes, zegt hij, daarvoor spaart hij nou.

We roken. Triest, zegt Mario, meestal is het een trieste boel, vooral 's winters. Verleden jaar kwamen alle gozers die anders op de hoek staan 's middags in het Palast der Republik[6] bij mekaar, maar daar zaten ze ook maar wat te zitten.

's Zomers rijden ze op hun brommers rond, maar als ze te hard gaan of met te veel zijn komt de politie erbij, dan mag het niet meer, maar het is gewoon leuk om hard te rijden.

Waarom moet het zo hard gaan? Ze halen hun schouders op, daar gaat het toch om, de kick, het gevoel dat je ervandoor vliegt, dat is toch net als met een koptelefoon en muziek. Wil iemand die ervandoor wil vliegen ook wegvliegen? Ze halen weer hun schouders op, een domme vraag kennelijk, da's toch heel normaal.

Bernd stoot zijn vriend aan – laat 't nou zien, zegt hij zachtjes, maar die wil niet. Wat moet hij laten zien? De elektronische installatie die hij zelf heeft gewrocht, een aantal knoppen die vanuit zijn bed te bedienen zijn, joh, laat toch zien! Maar Mario duwt Bernds arm weg, hij vindt het schijnbaar pijnlijk. Stommeling, zegt Bernd. Dan knijpt hij zijn ogen tot spleetjes, kijkt me scherp aan en zegt plompverloren waar het om gaat:

U bent toch van de televisie.

Ik ben niet van de televisie.

O.

Al hun belangstelling is verdwenen, ik moet vragen wat Bernd dan wilde.

Hij dacht zo, zegt Mario, als u van de televisie bent kunt u ons een baantje bij de studiotechniek bezorgen. 't Was maar een vraag.

Er wordt geklopt. Angelika, in een parka, met lang blond haar. Onze verrassing voor haar – dat ik als eerste de deur uitkom – maakt geen indruk. Tempo, zegt ze, anders vliegen we eruit.

Drie hoog

Erna M.

Goh, die bevalt me wel, had mevrouw M. tegen haar zoon gezegd toen ze haar woning in de zomer van 1975 voor het eerst zag. Zij zou de kleine kamer krijgen, hij de grote, naar de verhuizing had ze geen omkijken, dat regelde haar zoon allemaal, die is drie keer met een bestelbusje op en neer gereden omdat hij geen grote verhuiswagen wou, dat was niks gedaan.

In de grote kamer staan stoelen, kasten en een tafel uit de jaren zestig – niet hoekig en niet rond, niet te hoog en niet te laag, het waren geen slechte tijden maar hier staan ze nu vergeten onder al in geen tijden meer opgeschudde sofakussens en bloemen die verdord zijn in de vaas en de plaid op de divan werd vroeger overdag nog wel opgevouwen en weggelegd.

Mevrouw M. wijst naar het tv-toestel, dat is kapot, een kennis heeft beloofd het te laten repareren, is niet meer gekomen. Sinds zes weken rest haar niets anders dan 's avonds op het balkon gaan zitten wachten tot het nacht is. Klaus-Peter, haar zoon, is dood, is een jaar geleden aan kanker overleden. Hij was tweeënveertig.

Mevrouw M. heeft ook nog twee dochters, die wonen met hun man in West-Berlijn, over hen heeft ze het niet, die zijn over de vijftig en zelf grootmoeder, alleen haar enige zoon maalt maar door haar hoofd, haar liefste kind.

Zo moeke, ik heb wat voor je meegebracht, zegt ze, zei hij altijd. Hij kwam nooit met lege handen. Chocola of bloemen, soms wel twee bossen.

Erna M. komt uit de buurt van Danzig – kunt u zich voorstellen wat een landgoed is? Altfietz heette het landgoed waar ze is geboren. Haar vader was toch zo'n eigenzinnige man, een goede arbeider maar als iets hem niet aanstond dan reed hij met de koetsiers mee de dorpen af om een nieuwe baas te zoeken. En dan duurde het nooit lang of de wagens van de baas kwamen, grote ladderwagens, daar pakten ze hun schamele meubilair dan op, de rest in lappen gewikkeld erbij, bovenop zaten de kinderen, zo ging een verhuizing, veertien kinderen, negen in leven gebleven, werken moesten ze allemaal maar het ging hun gezin goed, zegt mevrouw M. We hadden altijd genoeg te eten en niks geen zorgen. In zo'n landarbeidershuis had je een huiskamer, een slaapkamer en een keuken. In de slaapkamer stonden twee bedden, in de huiskamer zo'n lang geval, daar sliep iedereen op die geen plaatsje in de slaapkamer had.

Als haar vader bonje kreeg met de inspecteur verschenen al gauw de ladderwagens, mevrouw M. kan zich niet alle plaatsjes meer herinneren waar ze als kind een keer gewoond heeft. Alleen het laatste weet ze nog, het dorp waar ze tenslotte bleven: Sobowitz. Hier krijgen geen honderd paarden me weg, citeert mevrouw M. de Erna van twintig.

Maar toen kwam er een man, die heette Paul.

Moest ik die dag echt naar Danzig? Het moest haast wel! En als ik nou niet was gegaan, zat ik dan nou nog in Sobowitz? Haar leven lang, zegt mevrouw M., heeft ze daarover nagedacht als ze 's avonds in bed lag.

Toen haar zoon doodging kwam daar iets anders bij. Waarom heeft hij nooit geluk gehad in het leven? Is het rechtvaardig dat een moeder haar zoon moet begraven?

Mevrouw M. perst haar handen tegen elkaar, duwt ze in de zakken van haar schort, haalt ze weer te voorschijn en legt ze op tafel, op het blauwe bloemetjeszeil.

Zonder kind ben je beter af!

Op het kastje staat een foto in een rouwlijst. Stijf poserend in een zwart pak een jongen van rond de twintig, donkere ogen, lange neus, lacht, niet naar de fotograaf maar naar rechts, naar iemand wier linkerschouder nog is te zien. Dat is zijn trouwfoto, zegt de moeder, ik heb haar er afgeknipt.

Erna's bruiloft in Sobowitz viel op Pasen. Een bescheiden bruiloft, vijfenzeventig gasten en geen blaasmuziek, alleen een bandoneon en viool speelden er. Waarom zou het ook een grootse bruiloft zijn!

In de herfst was Erna met haar zusje Elsbeth, Loscha noemden ze die, naar Danzig gegaan om te winkelen, daar wipten ze voor de koffie bij een tante aan en die had een man op visite.

Twee weken later arriveerde er in Sobowitz een brief, haar broer heeft hem Erna voorgelezen omdat ze net met natte handen stond – deed de visite van hun tante in Danzig Erna een huwelijksaanzoek. De brief had een Berlijns poststempel, de man was een gereedschapsmaker uit Tempelhof, een arbeider, weduwnaar bovendien, met twee kinderen. Met Kerstmis kwam de man met zijn moeder naar Sobowitz om de verloving te vieren, hij bracht de ringen mee, dat waren de ringen uit zijn eerste huwelijk, de inscripties had hij eruit laten slijpen. Erna zei: Ik ga nooit van mijn leven uit Sobowitz weg. Maar de ring heeft ze aangepakt, verloven was nog geen trouwen. Maar de trouwdatum werd wel vastgesteld: Pasen.

'k Had mezelf nou eenmaal aan een ander beloofd, zegt mevrouw M., dat was Albert, zo'n aardige man, we mochten mekaar dolgraag, maar een jaar lang komt hij langs ons huis op weg naar zijn werk en loopt voorbij en zegt niks. Met de dochter van de buren praatte hij wel, met mij niet. Toen ik de ring al had heb ik aan hem gevraagd: Wat is er, we zijn half boeren, hebben zo vaak geslacht, zo veel te eten, we aten altijd buiten aan de grote tafel, de deur stond open omdat het zo warm was, was erbij komen zitten – maar hij hield zijn kiezen op elkaar.

De gereedschapsmaker Paul M. wist daar niets van. Zoals beloofd kwam hij met Pasen voor de bruiloft en nam Erna mee. Met de koets gingen ze van Sobowitz naar Danzig en met de trein van Danzig naar Berlijn.

In Berlijn, in de Gneiststraße, in een kant en klaar inge-richte huurwoning, zaten twee vreemde kinderen op hun nieuwe moeder te wachten. Dat was in 1920, Erna was drieën-twintig.

Over haar man zegt Erna M. dat hij een beste kerel was, rustig en betrouwbaar. Zolang ze met hem heeft samengeleefd kwam hij precies op tijd thuis, gemopper was er nooit bij en zaterdags moest ze hem zijn warme eten brengen bij de Stralauerbrug, daar ging hij vissen. Ze zeggen dat hij goed in zijn vak was, apolitiek, heeft nooit ergens anders dan in de metaal gewerkt, in 1952 is hij aan zijn werkbank in elkaar gezakt, eer dat zijn collega's hem thuis hadden was hij al dood.

In 1952, toen was mijn zoon zestien, zegt mevrouw M., voor die jongen was het te vroeg, zou het daaraan hebben gelegen?

Toen haar zoon stierf had hij ook een zoon van zestien, een kind van de vrouw die Erna M. van de trouwfoto heeft geknipt. Die zoon is zonder vader opgegroeid, heeft zijn vader niet in het ziekenhuis opgezocht, is niet op de begrafenis geweest.

Mevrouw M. wiegt haar hoofd heen en weer en kreunt, waarom had haar zoon nooit geluk met vrouwen? Zijn eigen zoon heeft ie nauwelijks gezien, zijn vrouw bracht het kind naar haar ouders om uit dansen te kunnen gaan, wat was dat nou voor huwelijk. Na de scheiding is haar zoon weer bij haar komen wonen, heeft zijn woning opgezegd omdat hij niet tegen alleenzijn kon. De laatste jaren hield hij van een slecht mens, die was tien jaar ouder, eentje uit de gloeilampenfabriek, die wou altijd alleen maar drinken en hij maar meedrinken. Is het die d'r schuld dat hij ziek werd?

Mevrouw M. heeft het niet meer tegen mij maar herhaalt steeds zachter voor zich uit bepaalde uitspraken van haar zoon. Ergens in de kamer scharrelt iets.

De oude vrouw staat op, sloft naar de kast en haalt er een schildpad onder vandaan. Die heeft ze ook van haar zoon gekregen – pak aan, moeke, die is zo lollig.

Maar nou, alles leeft nog, waarom leeft hij niet? Waarom moest hij hier van zijn stoel op de grond vallen en huilen omdat hij niet kon opstaan?

Waarom moest hij in het ziekenhuis overlijden waar er geen mens naar hem omkeek? Zes volle koffiekopjes stonden er op zijn nachtkastje!

Mevrouw M. houdt de schildpad een eind van zich af en zegt: Daar kan ik met mijn verstand niet bij, dat ik nog leef.

Ik vraag of ze weleens mensen is tegengekomen die echt gelukkig zijn geworden.

Ze zegt: O ja, die mensen heb je. Thuis waren we gelukkig. Ik ook.

Dan schiet haar met schrik te binnen dat ze me nog niets te eten of te drinken heeft aangeboden. Ze gaat koffie zetten, komt de kamer in met een kannetje en een kopje op een zilveren blaadje, voorts een rol koekjes en koffieroom en ook nog een schaaltje met een restant aardbeien met suiker – die moet ik opeten en het sap opdrinken. De aardbeien zijn gegist, ik eet ze met enige aarzeling op. Mevrouw M. zit oplettend naar me te kijken, zegt: Wat zal ie gedacht hebben, Albert, toen ik het dorp uitreed? Toen ik in de koets stapte stond ie daar zo aan de overkant te kijken. Hoe zal het hem te moede zijn geweest? In brieven die ik uit Sobowitz kreeg schreven ze over hem, hij is nooit getrouwd.

Nadat ik de tekst over mevrouw M. tot zover af had vond ik nog een blaadje met notities van ons gesprek:

Als je brood wilt bakken moet je een kom geraspte of gestampte aardappels nemen, die in een bak kieperen, gekookte rijst gaat ook, bloem erdoor roeren tot het smeuïg is, dan gist erbij en het een nacht laten staan. 's Ochtends een handje zout erdoor, bloem en water erbij en kneden. Een brood bakt twee uur.

In Raschau aan de rivier stond een oventje, dat stookten we, de oven moet van binnen witheet zijn. Tot zolang deden we de was in de rivier. Voor de feestdagen bakte het hele dorp brood en koekjes, dan stonden we soms 's nachts om twee uur al bij de oven.

Ach, als ze eens uit hun graf konden opstaan, de ouwetjes! Wat zouden ze in hun schik zijn! Wat waren ze in hun schik als ze 's avonds buiten zaten op de lange bank en eentje ging er vertellen. Maar wat maakt 't uit, we gaan allemaal naar waar iedereen heen is.

Het bos van Sobowitz was groot, overal had je rivieren.

Drie hoog

Bruno C.

Door Bruno C. ben ik dit huis binnengekomen. Toen ik voor het pand stilstond omdat de gevel me beviel, was hij net aan het sneeuwruimen, een lange oude man met een schipperspet.

Zo, wie zoeken we dan, vroeg hij. Een huis, zei ik en legde uit dat ik op zoek was naar een huis om over de bewoners ervan te schrijven. Bruno C. luisterde geduldig, wenkte een andere oude man naderbij die de hele tijd luidruchtig met een bezem in de weer was in de hal, legde nu zelf uitvoerig en serieus mijn opzet uit en daarop knikten ze allebei.

Ja hoor, ze hadden wel iets te vertellen.

Meteen, zei Bruno C. Laten we zeggen morgen bij de koffie?

Toen ik bij hem aanbelde kookte het koffiewater al, Bruno C., ditmaal in spijkerbroek en blauw overhemd, hielp me uit mijn jas, voor het eerst stond ik in de smalle gang van deze woningen, de spiegel hangt altijd tegenover de keukendeur, de deur naar de huiskamer stond op een kier, je zag een feestelijk gedekte tafel met in het midden sigaretten in een ronde houder.

De man uit de hal heette Werner G. en zat al in de luie stoel. Ik ben hier in 1937 ingetrokken, zei Bruno C., ik was pas getrouwd, het was de woning van mijn vrouw.

Hij zat voor het raam, tegen het licht zag je hoe breed zijn schouders waren, zijn mouwen had hij opgerold, wilde er goed uitzien, zag er goed uit, trok aan zijn sigaret en verslikte zich in de rook van verrassing toen Werner G. zei dat hij twee jaar daarvoor al was getrouwd.

Al vijfenveertig jaar ben je?

Vijfenveertig jaar.

Bruno C. woonde voor zijn trouwen in het oosten van Berlijn, het diepe oosten, zegt hij, waar je pooiers en hoeren had, Wassmannstraße, Weberstraße, Holzmarktstraße, dat waren de ergste achterbuurten van Berlijn, niet Prenzlauer Berg. De arbeiders die hier woonden die verdienden vast al wat, weinig misschien maar niet zo weinig als die in de Weberstraße.

Hij kijkt Werner G. aan, die moet het beamen maar aarzelt, zegt: Ik ben in 1935 in de Pappelallee komen wonen.

Ja nou en, zegt Bruno, had je werk? Ja, zegt de ander, als schilder. Nou dan, zegt Bruno.

Daar wordt Werner G. kriegel van, wat dacht je waarom hij dan met zijn hele familie uit Kolberg naar Berlijn is gekomen? Toch zeker omdat we werkloos waren! We gingen daar in 1933 weg, mijn vader was leidekker en communist, acht kinderen thuis, elke dag werden er twee broden gehaald, daarvan kreeg ieder een boterham met margarine bij het ontbijt en eentje bij het avondeten, als je je bezeerd had werden er weegbreebladeren op de wond gebonden, 's winters gingen de kinderen op klompen naar school, 's zomers op blote voeten.

Bruno C. heeft bij elk van die kenmerken van armoede geknikt, alleen bij het laatste heeft hij een vraag.

Op blote voeten of klompen?

Ja. Op blote voeten of klompen.

Nee, zó arm waren we in Berlijn niet.

Werner G. heeft ondanks de armoede een vak geleerd, Bruno C. heeft nergens voor geleerd maar zijn stiefvader geholpen met venten: groente & fruit en in de inflatietijd vis. Dat weet hij nog heel goed want er kwam een dag dat een haring een miljard mark kostte. Ze waren allemaal al miljonair, maar ja: hij was liever schilder geworden.

Niet huisschilder zoals Werner maar kunstschilder. Toen zijn stiefvader overleed was Bruno C. drie jaar werkloos, in de Rückertstraße hoek Gormannstraße stond het stempelbureau, om de tien dagen kon je acht mark steun gaan halen, zijn eerste baantje heeft hij in 1935 gekregen in de confectie aan de Hausvogteiplatz.

Zie je nou, zegt Werner G., is toch net als bij mij, alleen, wij moesten in 1933 uit Kolberg weg, de nazi's waren aan de macht en in zo'n stadje kent iedereen mekaar, dat was geen leven meer.

Nu knikt Bruno C., dat klopt, in Berlijn kon je onderduiken. Vooral in mijn buurt, in het oosten, daar hoefden de nazi's tijdenlang niet aan te komen met hun misbaar, dan krégen ze op hun falie, die kwamen daar alleen in legertrucks doorheen, in hun eentje op straat zagen we ze nooit. Maar in Prenzlauer Berg had je ook wel straatgevechten, één keer herinnert hij zich nog: Lychenerstraße hoek Raumerstraße, daar zat een SA-kroeg.

De meeste knokpartijen waren in de Landsberger Straße, die nou Leninallee heet, de rooien vielen de enorme demonstraties van de fascisten aan, hij is er ook weleens bij geweest maar meer als toeschouwer. Na 1933 konden die verder ongestoord marcheren en wie toen langs de kant bleef kijken zonder de Hitlergroet te brengen die werd door hun ordedienst onder handen genomen. Bruno C. zegt: Hun politiek werd er letterlijk ingeramd. Zijn vriend is in elkaar geslagen bij zo'n gelegenheid. Werner G. zegt: Wie tegen hullie heb gevochten die zouden in de hemel moeten komen, die gasten, wat die op hun schouders hebben genomen. – Dat waren helden, zegt Bruno C., echte helden. Dan valt er een stilte en vraagt het tweetal zich af: Hoe is Hitler eigenlijk aan de macht gekomen? Hoe kwam het dat er opeens in elk huis minstens één nazi woonde? Die dan meestal conciërge werd.

Ze kunnen zich allebei hun conciërge nog herinneren. Die bij ons altijd van: Hallo, u hebt niet gevlagd! zegt Bruno C., vuile verraaiers, zegt Werner G. De conciërge bij hem in de Pappelallee heeft zich in 1945 opgeknoopt. Bruno C. weet niet waar zijn conciërge is gebleven, toen hij in 1947 uit krijgsgevangenschap thuiskwam zat hij er niet meer.

Bruno C. kwam uit Moermansk, uit de mijnen, te voet van het Schlesische Bahnhof dwars door platgebombardeerde buurten regelrecht naar Prenzlauer Berg naar dit huis dat was blijven staan, naar dit huis waar zijn vrouw met een andere man woonde, zij verhuisden, hij kon blijven, maar zo had hij zich het begin niet voorgesteld.

Werner G. kijkt hem vol medeleven aan, hij heeft zijn vijfenveertig jaar en uit de gevangenschap is hij ook al eerder, in 1946 teruggekomen, uit het Rijnland, van de Amerikanen, het enige moeilijke was om de Sovjetzone weer binnen te komen – illegaal de grens over, dat kostte hem honderd mark. Daarna is hij bij de PTT teruggekomen en weer doorgegaan met telefoons aanleggen waar hij was gebleven: in het Haus der Ministerien in de Leipziger Straße. Ik vraag of dat soms niet Görings ministerie van rijksluchtvaart was, ja, zegt hij, die heeft hij zelfs een keertje gezien, maar verder alleen maar leidingen gelegd.

Werner G. vertelt schijnbaar onaangedaan: Zo ging het, hoe had het anders moeten gaan?

Bruno C. praat levendig, onverschillig doen kan hij niet, zo is hij er trots op dat de Russische vrouwelijke arts in het krijgsgevangenenkamp op hem viel omdat hij accordeon kon spelen. Ze stopte hem bij het eerste terugtransport en zei dat het zonder hem triester zou worden.

Dan kijkt hij me peinzend aan, zegt dat er sinds gisteren van alles in zijn hoofd omgaat. Vannacht is hij wakker geschrokken, zag weer de stoet mensen, de arme donders die ze bij Wilma het bos in hebben gestuurd. Dat was de ss, wij waren maar Wehrmacht, maar ik zie ze nog voor me, hun gezichten, zegt hij en slaat zijn handen voor zijn gezicht. Misschien herinnert hij zich een blik die hem destijds heeft getroffen. Maar dan kijkt hij me bijna verontschuldigend aan, hij wil de stemming niet bederven, het is nou toch gezellig, hè, en hij wil er plezier in hebben, er is bezoek, op tafel staan tompoezen, zijn lievelingsgebak. U bent zo'n aardig vrouwtje, zegt hij tegen me, ik wens u geluk.

Heeft hij zelf geluk gekend? Ha, eindelijk kan hij iets moois vertellen. Als u eens wist wat een geluk ik heb gehad! Ik heb Riekaatje toch gevonden! Mijn leven is in '45 pas echt begonnen! De opbouwtijd, hè Werner?!

Als deurophanger, zo had hij zich in 1949 bij de technisch directeur van het Deutsche Theater aangediend. Deurophangers zijn de lui die scharnieren aan de deuren timmeren. Hij werd aangesteld als toneelknecht voor de rechterkant van het podium.

Hij zat er nog niet of zijn collega's kozen hem tot hun woordvoerder en een half jaar later was hij al voorzitter van de ondernemingsraad van het Deutsche Theater. Die functie heeft hij zestien jaar gehouden.

Ik noem namen, hij kent ze allemaal, is blij, da's toch zijn wereldje hè, het theater en de kunstenaars, daar kan ie dagen over doorgaan. Hij praat met ontzag over kunstenaars. En over hun eigenaardigheden – zoals een Berlijnse arbeider over de eigenaardigheden van zijn zwager praat als die een fantastische automonteur is.

Dag en nacht zat hij in de schouwburg, degene die 's ochtends naar de repetitie kwam moest net zoveel tijd kunnen krijgen om met hem als lid van de ondernemingsraad te praten als de dames van de garderobe 's avonds.

Ik informeer naar zijn huwelijk, hij lacht. Zoals híj van zijn tweede vrouw hield, dat huwelijk kon gewoon niet stuk, en hij zou zijn Riekaatje toch al nooit in de steek hebben gelaten.

Die hebben we domweg met de kantine opgezadeld, zegt hij, en daar hád ze toch een lol in, ze kende de mensen al gauw beter dan ik, voorkwam al hun speciale wensen, en aan het eind van de avond gingen we dan samen naar huis, vijftien jaar lang.

Riekaatje was een moordgriet, van haar is die verzameling porseleinen mokkakopjes in de vitrine.

Dat is alles wat hij hoofdschuddend en vertederd over zijn vrouw vertelt. Ze is in 1965 volkomen onverwacht overleden.

Werner G., die zwijgend heeft zitten luisteren, we waren hem haast vergeten, zegt opeens dat hij nooit in Bruno's schouwburg is geweest. Hij ging met zijn vrouw altijd alleen naar het Colosseum, althans toen het Metropol-Theater daar nog operettes gaf.

Heel Prenzlauer Berg ging vroeger naar de operette, maar toen het Metropol naar het centrum verhuisde is het publiek niet meegegaan, gek.

Helemaal niet gek, zegt Bruno, theater moet je híer maken, in Prenzlauer Berg waar veel mensen wonen.

Hij staat op om een map met eigen tekeningen uit de muurkast te halen, legt er twee op tafel: van Wolfgang Langhoff en van Willy A. Kleinau.[7]

Over hen moet ik beslist schrijven, want die zijn al haast vergeten. Onder het portret van Kleinau staat iets geschreven. Laat je niet kisten, zegt Bruno, hij schreef: laat je niet kisten omdat ik te veel tegen de kunstenaars opkeek. Kleinau gaf zijn geld met handenvol weg en voor zijn begrafenis zijn we nog met de pet rondgegaan, hij had geen stuiver. Een goeiiger man is hij nooit tegengekomen. Behalve Langhoff dan. Voorzichtig houdt hij diens portret omhoog – dat was mijn vriend, zegt hij. Langhoff heeft hem netjes leren praten, bij Langhoff stond hij altijd in de coulissen als die Faust speelde. Er heeft trouwens ook een portret van Helene Weigel bij gezeten maar dat wilde ze zelf houden. Op een keer moest Bruno zijn tekeningen aan haar komen voorleggen, zocht ze er ongevraagd een paar uit, liet hem twee maanden later bij zich komen en zei toen dat hij in het najaar op de kunstacademie kon beginnen, had ze zijn werk voor hem ingeleverd. Zo was hij bijna toch nog kunstschilder geworden, maar hij wou niet meer want van een beurs had Riekaatje niet goed kunnen leven. Toen ze zo onverhoeds overleed is hij ziek geworden, moest zittend werk gaan doen en is bij de verzekering gekomen, daar zit hij nou al twaalf jaar, momenteel loopt hij in de ziektewet.

De diploma's, getuigschriften en onderscheidingen voor zijn werk bij het toneel en bij de verzekering heeft hij in een map gestopt, laat ze ons zien, bovenop liggen de brieven van zijn collega's, sinds hij ziek is schrijven ze hem – zoveel respect bestaat er bij ons nou voor de oude dag, zegt hij, in het Westen zou er geen hond naar me omkijken. Werner G. knikt, hij heeft bij zijn pensionering drie fruitmanden met delicatessen gekregen, mag ook niet klagen.

Ze beginnen over oud worden en verzeilen in jeugdherinneringen. Dat we zo arm waren vroeger, kon dat echt niet anders?

Bruno C. zucht diep, en dan nog in de crisisjaren ook, wat er niet allemaal te beleven viel in Berlijn! De Schönhauser Allee was totaal geen uitgaansbuurt, daarvoor ging je naar de Alex, Friedrichstraße, Bahnhof Zoo, Krollgarten, het Europahaus bij het Lehrter Bahnhof, naar 'de zaal met de drieduizend clubfauteuils' op de hoek van de Taubenstraße of naar 'Mocca Efti'! Het ergert hem dat Werner zich 'Mocca-Efti' niet kan herinneren, daar kon je thee drinken voor 1,05 mark bij een achttien-mans orkestje, nog wel de tangokoning van Berlijn, Adalbert Lutter met zijn bandoneonspelers!

Ondanks al zijn aandringen heugt Werner G. het zich niet, Bruno C. vertelt in zijn eentje verder over het vertier in het oude Berlijn en eindigt bij de Berolina. Die stond voor het warenhuis van Tietz op de Alexanderplatz, met haar ene hand wees ze naar het tehuis voor daklozen in de Nordmarkstraße, onder haar voeten had vroeger ooit een rode basaltsokkel gezeten, dat basalt raakte bij de revolutie van 1918 gehavend, daarna stond de Berolina op een sokkel van cement en aan die sokkel heeft Bruno zich nog eens een halve nacht vastgehouden omdat hij straalbezopen was.

Vier hoog

Irmtraut en Werner G.

Ik kom onaangekondigd, Werner G. doet met natte handen open, hij staat net af te wassen. Ik kijk een poosje toe in de keuken, op zijn schouder zit een parkiet, die vliegt naar de kooi terug, van de kooi naar mij, hij doet je niks hoor, zegt Werner G. Ik begin af te drogen. Nou droogt ze af, roept hij de gang in. Het is de bedoeling dat zijn vrouw in de huiskamer het hoort maar die roept ook net iets: Nou komt Irini, kom binnen! Laat die vaat maar staan, moet je kijken!

We gaan naar de huiskamer, op de bank zit een lange witharige vrouw met een dikke bril, geeft me haastig een hand, blijft daarbij recht voor zich uit kijken, de tv staat aan, Olympische spelen, ijsstadion, finale kunstschaatsen voor paren, Irina Rodnina en Alexander Saizew houden elkaars handen vast, kijk, die winnen 't, zegt mevrouw G. voor zich uit, tast naar een kistje dat voor haar op tafel staat, haalt er een sigaret uit en steekt op.

Die winnen 't, zegt ze nog eens en draait haar gezicht naar me toe, dit is de herhaling.

Het tweetal op het tv-scherm trekt grote cirkels, het interesseert mevrouw G. niet meer, ze vertelt me over de ziekte waar ze sinds 1935 last van heeft. 1935! De ene keer valt haar

haar uit, dan laat haar vel weer los, injecties in haar hoofd zijn nog het minste, wat weet een huisarts nou helemaal, op z'n best dat ik niet met water in aanraking mag komen, daarom heeft haar man afgewassen.

Ik vraag waar mevrouw G. vandaan komt – uit Kolberg, zegt ze. Ze heeft in de winkel van de gebroeders Rambow gestaan. Glas, porselein, kristal, koekepannen, kookpannen, spijkers, ijzeren potten, geëmailleerde potten, stenen potten, dat heeft ze allemaal verkocht, mooi spul, en elke week had je op vrijdag grote markt en in september als het graan binnen was jaarmarkt. Onder de luchtboog zetten ze dan kraampjes neer, dat was me wat!

Wat is een luchtboog? IJverig leggen ze me allebei tegelijk uit dat dat de poort in de oude vestingmuur van Kolberg was waar de Pruisische patriotten Nettelbeck en Gneisenau Napoleon hebben afgeslagen: in 1807!

Het dak van de dom van Kolberg is nog door zijn vader gedekt, zegt mevrouw G. en haar man knikt. Als jongetje moest hij zijn vader het ontbijt gaan brengen in de dom, dat weet hij nog. Kolberg heet tegenwoordig Kolobrzeg, zegt hij. Maar er is van de oude stad na de oorlog niet veel overgebleven, zegt zij. De dom staat er nou nóg, zegt hij. Maar de koepel is weg, zegt zij.

In 1975 zijn ze met vakantie naar Kolobrzeg geweest, hebben in een Interhotel gelogeerd. In een hotel, zeggen ze, dat is wel even wat anders dan die kazernebarakken op de Salzberg waar Werner G. vroeger met zijn ouders en nog zeven kinderen woonde, de achterbuurt van de stad, de communistenbuurt werd het ook wel genoemd. Zijn vader was inderdaad communist en al gauw werkloos, kreeg later alleen nog los werk in de haven.

Míjn vader had altijd werk, zegt mevrouw G., hij was

tuinman, gediplomeerd en al, heeft de plantsoenen ontworpen, het rosarium waar concerten voor de badgasten werden gegeven en de strandpromenade... ze kijkt alweer naar het beeldscherm, er staat nu een paar uit de DDR op het ijs, BEWERSDORF/MAGER loopt er met grote letters over beide gezichten, wachtend op het juryoordeel bijt het meisje op haar lippen. Die halen het niet, zegt mevrouw G. en aangezien dat duidelijk schijnt te zijn begint ze over de verhuizing van het leidekkersgezin uit Kolberg, waar het toch eigenlijk wel fijn was als je het zo bedenkt, zoals de schepen de haven binnenliepen, en één keer per jaar had je het marinebal, in het strandpaleis in de Blauwe Zaal, enkel hoge omes kwamen daar binnen, niks als rijken allemaal, en uit die stad toen in 1933 weg naar Berlijn.

Ik herinner me het gesprek bij Bruno C. en zeg dat ik dat al weet: de leidekker stond in het stadje te veel bekend als communist.

Maar de vrouw schudt van nee, het was omdat Werners kleine zusje Erna de slag van haar leven had geslagen. Ze strijkt langzaam de as van haar sigaret aan de asbak af, kijkt me door haar dikke brilleglazen veelbetekenend aan: Dat soort dingen kwamen ook voor.

Erna, die als dienstmeisje naar Berlijn was gegaan, begon bij een makelaar in grond, die man trouwde met haar, schonk haar arme familie uit Kolberg een perceel aan de rand van Berlijn en bezorgde Werner G. toen die trouwde een woning in de Pappelallee.

De makelaar zelf had minder geluk, volgens de rassenwetten van Neurenberg was hij een halfjood, in 1936 heeft hij alles verkocht en is naar Argentinië geëmigreerd. Een andere dochter uit het Kolbergse gezin is meegegaan, ze wonen daar nu nog maar het contact is verbroken. Jaren geleden hebben die nog een keer geschreven in een vreemde taal, ze waren altijd nog eens van plan om de brief te laten vertalen maar daar is het nooit van gekomen, er waren trouwens ook onlusten in Argentinië, het jongste zusje moet nu al tweeënzestig zijn, heeft naar verluidt een rijke man en een zoon.

Een kleine Georgito, zegt mevrouw G. en vraagt of haar man het tv-geluid wat harder wil zetten: ererondje voor het winnende paar.

Een reusachtig gejuich hier in Lake Placid, klinkt de stem van Heinz-Florian Oertel, wederom een groots moment voor Irina Rodnina en Alexander Saizew!

De onzen zijn derde geworden, zegt mevrouw G., denk 's aan.

We zien de enorme hal, van de overkapping hangen vlaggen neer, de camera zwenkt over het publiek naar het gezicht van de winnares, laat zien dat ze tranen in haar ogen krijgt en houdt het beeld vast tot we die omlaag zien biggelen.

Die is nog knapper geworden na haar kind, haar Sacha, zegt mevrouw G.

De man zet het toestel af. Het wordt stil in de kamer, mevrouw G. begint aan haar handen te krabben, dat was ze vergeten, haar ziekte.

Zo zitten ze 's ochtends samen in hun warme huiskamer, hebben het over wat ze vandaag zullen eten en of Bruno vanmiddag rummy komt spelen. In de vitrine staan hier geen familiekiekjes, alleen glas en porselein.

We zijn alles kwijtgeraakt, zegt Werner G., ze heeft alles naar Kolberg gebracht toen de bombardementen begonnen. De vrouw zit er hoofdschuddend bij, ze snapt zelf niet hoe ze ooit heeft kunnen denken dat hun goeie spullen daar veiliger waren.

In de oorlog zat ze in Berlijn bij de veldpost, brieven

sorteren en bundelen, de opzichter schreef als laatste de postcodes op de pakjes, die waren geheim maar je kreeg toch wel een beetje een idee van de troepenverplaatsingen, dus waarom ze nou haar porselein naar Kolberg heeft gebracht? Haar man is pas in 1943 opgeroepen voor het leger, maar zoals ze die van hot naar haar hebben gestuurd! Mevrouw G. heeft het zelf gezien aan de postcodes! Haar man knikt, hij heeft het alleen overleefd omdat hij zich na de basistraining vrijwillig aanmeldde toen er geroepen werd: Iedereen die kabelbaanpionier wil worden één stap naar voren!

Iets leren kan nooit kwaad, had hij bij zichzelf gezegd, dan hoefde hij nog niet naar het front, de anderen zijn naar het oosten gestuurd, er is er niet één teruggekomen.

Werner G. legde ondertussen in Tirol kabelbanen aan, later kwam hij bij de spoorwegpioniers, legde rails of brak ze op, met enige terughoudendheid somt hij de namen van steden op waar hij spoorbanen heeft gedemonteerd: Kertsch, Odessa, Wenen, Danzig, Tilsit, Amsterdam, Bonn, Wuppertal. In de Eifel zag hij voor het eerst een v2. Een onbemand projectiel met korte vleugelstompen – een groet uit de toekomst.

Bij Wuppertal hebben we onze spuit in een spar gedouwd en zijn met onze handen omhoog naar de Amerikanen overgelopen. Om te beginnen moesten we al onze tassen op een hoop gooien, dat werd een hele berg en daar stonden dwangarbeiders uit het Oosten naast en lui uit de concentratiekampen, die herkende je aan hun kleren, en die mochten ervan pakken wat ze wilden.

Vond hij dat soms niet terecht, toen?

Hij haalt zijn schouders op, het waren tenslotte onze tassen. Aan de andere kant: we hadden de oorlog verloren, je moest je er wel bij neerleggen.

Bij de Amerikanen heette een kamp een 'camp'. Een jaar heeft hij in het 'camp' gezeten, wijst met één hand aan hoe klein de blikjes waren waarin ze hun rantsoen bewaarden.

En toen had ik weer geluk, mocht ik wagons uitladen, je pikte eens wat mee, kon je weer ruilen en zo maar door, je moest wel gehaaid zijn, je niet de kaas van het brood laten eten, maar da's ook voorbij, die tijd.

Het glas en porselein in de vitrine zijn in elk geval nieuw – gekocht of van de zaak cadeau gekregen. Hij is nooit van baas veranderd, altijd bij de PTT gebleven, voor de oorlog hadden ze hem op het onderhoud van de telefooninstallaties in het ministerie van Rijksluchtvaart gezet, na de oorlog kwam Werner G. weer in hetzelfde gebouw terecht maar dan met andere mensen, nieuwe ministeries, geen spoor meer van Göring, geen zwarte uniformen meer die altijd achter onze rug stonden onder het werk.

Laat haar eens zien wat je van ze gekregen hebt, zegt de vrouw, hij wimpelt het af maar mompelt iets over onderscheidingen. Hij heeft nog het horloge om van onze Fritz Ebert[8], zegt de vrouw, een onderscheiding bij de verkiezingen van 1967, en toen hij met pensioen ging hebben ze hem met de auto naar huis gebracht, hij is als inspecteur uitgezwaaid!

Zijzelf heeft na de oorlog niet meer gewerkt. Dat had ik niet meer nodig, zegt ze. Ze was altijd ziek en kinderen hadden ze ook niet.

Tussen de ramen staat een rond tafeltje met een gehaakt kleedje, erop een telefoon.

Ik ben het centrale punt hier, zegt Werner G., ze komen hier allemaal opbellen, van de bewonerscommissie ben ik ook voorzitter, en dan nog de vergaderingen van de woondistrictscommissie en de partij, je houdt geen tijd over, ze kennen me hier allemaal, en als ter bevestiging wordt er aangebeld.

Maar het is niet iemand die wil opbellen, mevrouw S. komt alleen even vragen of het rummy vanmiddag nog doorgaat.

Het gaat door, voor ik vertrek informeer ik nog eens bij Werner G. hoe het met de 'wandluizen' zit, de afluisterapparatuur zit. Meneer G. wijst op zijn dienstgeheim. Mevrouw G. wil wel kwijt dat het in de hotelkamers in Kolberg altijd de Berlijners waren die wandluizen achterlieten. In 1935 in de Pappelallee trof ze onder het vloerkleed ook wandluizen aan. Alle huizen in Prenzlauer Berg hadden volgens mevrouw S. binnen de kortste keren wandluizen. Ze zijn eigenlijk pas met de ruïnes verdwenen, denkt mevrouw G., maar mevrouw S. zegt dat ze door de flitspuit zijn verdreven. Tenslotte houden ze het op beide: de ruïnes en de flitspuit.

Vier hoog

MIDDEN
Marina en Ralf S.

Er doet een man met een zwarte baard en een zonnebril open,
achter hem staat nog een deur open, je kunt de keuken zien,
daar zit een meisje met blonde vlechten dat nieuwsgierig
opkijkt.

Kom erin, zegt de man tegen me, ik ben Ralf. Aan het
raamkruis in de keuken hangt een marionet met een steek op
zijn hoofd en een scheef afhangende onderkaak. Voor het
raam zit een jonge vrouw met een dik kind op haar schoot dat
zonder ophouden met haar handjes op tafel slaat. De vrouw
heet Ilona.

Marina is de naam van het meisje met de vlechten, zij is
Ralfs vrouw.

Marina is iets aan het prutsen van een lap schortestof, ze zit
op een vorstelijke stoel, als hij niet wit geverfd was zou hij
barok kunnen zijn. Ilona is opgewonden giechelig iets aan het
vertellen over mensen die ik niet ken, Marina lacht erom en
naait, Ralf gaat koffie voor me zetten. De tafel is te klein voor
een vierde kopje, de vrouwen willen ook nog koffie, de koffie
is op. We hebben nog wijn, zegt Ralf en zet glazen op tafel,
daarvoor moeten de lege kopjes weg. Ilona praat aan één stuk
door en onderwijl bonkt het kind op tafel: Bij ons op school

zijn de klassen kleiner – bonk – we geven les aan moeilijk opvoedbare kinderen – bonk – die heb je in elke Berlijnse klas – bonk – ik ben onderwijzeres – bonk – hopelijk is dat niet te zien – bonk.

Het kind heeft een zakje om haar nek hangen voor haar melkbeker en boterhammen, het komt van de kleuterschool dus moet het op tafel meppen. Ilona pakt af en toe haar handje vast en trekt haar achteruit op schoot, maar daar wil ze niet blijven zitten, de moeder probeert het gebonk te negeren, vertelt verder, ze heeft even pauze nodig na haar werk. Aan het slot springt ze verschrikt overeind, ze moet nog boodschappen doen.

Ilona woonde hier vóór ons, zegt Marina en ik vraag aan Ilona hoe lang ze hier heeft gezeten. Vier jaar, zegt ze terwijl ze het jasje van haar kind dichtknoopt, steeds met haar alleen. In die tijd zat Ilona's man in het leger, belandde vervolgens in het ziekenhuis met nier-tbc, daarom hebben ze een woning met bad gekregen, twee straten verderop. Het kind heeft nu alles aan en slaat met haar handen op de deur, Ilona schiet haar jas aan: zwarte jas, zwarte sjaal, zwarte alpino schuin op één oor.

Ralf en Marina wonen hier inmiddels vier weken, hij laat me het huis zien, beide kamers zijn als zit-slaapkamer ingericht, voor elk eentje, dan gaan we weer aan het keukentafeltje zitten. Nou hebben we twee kamers, zegt Marina, en zitten we aldoor in de keuken.

Ze hebben het huis gekregen omdat ze een kind hadden, het was één toen het vier maanden geleden overleed aan een hartziekte. Marina praat over het kind, maar één keer krijgt ze tranen in haar ogen, als ze vertelt hoe ze van de ene dokter naar de andere is gedraafd en overal nul op het rekest kreeg: uw kind is gezond. Over zichzelf in die tijd praat ze niet, gaat niet in op haar eigen verdriet, zegt alleen dat ze nog eens een kind willen, draait zich naar de marionet aan het raam om, pakt hem bij een been: Is de baron niet mooi?

Baron Münchhausen gaat vandaag met de post naar Meerane. Ralf demonstreert de pop – hoofd omhoog, hoofd opzij, dan klapt de onderkaak omlaag. – Ik zei toch meteen dat je die vast moest zetten. – Nee, die heb ik juist speciaal met een touwtje aan de ring gezet, hij moet zover opengaan als de speler wil. – Maar hij valt wel steeds open, zegt Marina. Baron Münchhausen is hun eerste gezamenlijke werkstuk, Ralf heeft de pop gemaakt en Marina het kostuum genaaid, van blauw brokaat.

Ze houdt de stof op die op haar knieën ligt, dat wordt een jurk voor Grietje. Marina vertelt over zichzelf, over een huis met een tuin in Berlijn waar ze is opgegroeid, over grandioze feestjes met haar zes broers en zusjes en over haar moeder, die ik beslist moet leren kennen want dat is toch zo'n bijzonder mens. En veel mooier dan ik, zegt Marina.

Ralf luistert stil, ik informeer naar zijn jeugd, hij praat alsof hij het over een vreemde heeft met wiens verleden hij zich ooit weleens heeft bemoeid.

Ralf is in 1943 geboren in Quedlinburg, onder Magdeburg, toen hij ter wereld kwam was zijn vader al gesneuveld als soldaat, zijn moeder overleed twee jaar later aan difterie, datzelfde jaar stonden de Amerikaanse troepen voor Quedlinburg en zijn grootvader, een grijze Pruisische huzarenofficier, pakte zijn jachtgeweer en besloot om grootmoeder, het kleine kind en zichzelf op de hoogste heuvel buiten de stad dood te schieten. De Hammwarte heet die berg, onderweg kwam zijn grootmoeder tegen haar man in opstand zodat hij onverrichterzake met hen tweeën weer op huis af ging.

Vijf dagen later vond hij alsnog de dood, tijdens de artilleriebeschietingen van de stad werd zijn hoofd door een balk geraakt. De jongen is door de bejaarde vrouw grootgebracht, zestig mark wezenpensioen kreeg ze maar voor hem per maand en toch wilde ze dat hij naar de middelbare school ging, daar was hij de armste van de klas. Op zijn zestiende werd hij van school gestuurd omdat hij een kruis van zijn grootvader om zijn nek had gehangen (van de Kyffhäuserbund[9]), ze zeiden dat hij een revanchist was. De jongen snapte er niets van, wist niets van een Kyffhäuserbund, ging bij een zetterij in de leer, wou weg uit dat provinciegat, liet zich ronselen voor de aardoliewinning, de boortorens in de Altmark, boven Magdeburg.

Vertel 't toch uitgebreider, zegt Marina, anders heeft ie altijd hele verhalen over wat ze daar uitvraten.

't Was verloren tijd, zegt Ralf, elf jaar in de aardolie, vijf was genoeg geweest.

We krijgen het over wat er vijf jaar lang wel lekker was: het zware werk was wel lekker, het leven in een woonwagen, de wijde hemel, vooral 's nachts, weer en wind doorstaan was wel lekker, de verdiensten waren wel lekker, op je vrije dagen in café 'Zur Sonne' in Quedlinburg koffie drinken en dan kijken hoe de mensen die jou uit de stad wilden wegjagen met hun aktentasjes naar hun werk moesten rennen, dat was ook wel lekker, met de rupstrekker naar de dancing rijden, zuipen en mekaar aftuigen en mekaar toch verdragen, trots zijn op je sterke armen, dat was lekker.

Hoe aardolie ruikt weet Ralf nog steeds niet, hij heeft elf jaar gezocht maar niets gevonden. Lacht erom, zegt erbij dat hij daar in die tijd ook niet van wakker lag – ik heb altijd al geweten dat ik kunstenaar werd.

Goed, misschien dan niet altijd maar toch zeker sinds hij bij Klump in de huiskamer die schilderijen zag. (Architect

Klump was de vader van een schoolvriendje in Quedlinburg, hij bezat origineel werk van Feininger en Klee.) Ik had er geen moer verstand van, zegt Ralf, maar ik liep erop af en wist gewoon: dat is grote kunst en ik word ook kunstenaar.

Wat hij zelf dan moest maken wist hij niet, zijn oma kon hem daar ook niet bij helpen, maar nadat hij van school was getrapt en de bekrompen mentaliteit onder de witte-boorden-proletariërs in het drukkerijtje had meegemaakt (die spraken mekaar met 'u' aan!) verkoos hij de vrijheid van de olieboorders. Pas in 1975 is hij naar Berlijn gegaan, rekwisietenmaker geworden, later assistent in de Klaas Vaak-studio.

Maar de olieboorders noemden hem al een 'kunstenaar' omdat hij voor zijn woonwagen houtsnijfiguren had staan.

Van de winter heeft Ralf zijn poppen aan de Bond van Beeldende Kunstenaars voorgelegd en een werkvergunning als poppenmaker gekregen, sindsdien mag hij als kleine zelfstandige werken, de eerste grote opdracht kwam van een kindersanatorium, dat wilde een speelplaats met alles van hout erop. In acht weken heeft Ralf vier grote beesten uit boomstammen gebikt, helemaal lyrisch praat hij over afgelopen zomer – had nooit gedacht dat het leven zo fantastisch kon zijn: vroeg op, dan naar het park, tot het donker doorwerken. De kinderen komen kijken, roepen hem voor het eten, verder is het stil.

Van de zomer is Marina omdat Ralf het zo graag wilde kostuums gaan naaien voor de poppen, 't was dat ze die ramp met hun kind hadden en ook omdat hij dacht dat het leven makkelijker is als man en vrouw samenwerken. Dat soort samen optrekken is altijd zijn droom geweest.

Marina wou niet. Ze kon helemaal niet naaien.

Marina kon verkopen, dat had ze geleerd, maar ze vond het afschuwelijk omdat de mensen zo dom zijn.

We kibbelen erover hoe leuk het is om in een winkel te staan. Volgens Marina zou ik er na hooguit een jaar net zo over denken als zij en is het de klanten hun eigen schuld dat het winkelpersoneel onaardig doet. Volgens haar is het prototype van de klant een primitieveling met stapels geld in zijn zak die tegenover haar staat en alleen maar wil KOPEN. Als hij niet zo hebberig was zou hij dat KOPEN niet zo serieus nemen, dan zou hij in staat zijn om op te kijken en een paar woorden met Marina te wisselen.

Maar hij kijkt niet op of om maar roept door de winkel: Wat doet die jas hier aan het rek helemaal?

Marina's antwoord: Weet ik veel wat die jas daar doet!

Om Ralf een plezier te doen heeft Marina leren naaien, Münchhausens blauwe jasje is haar goed afgegaan – lastig hoor, een getailleerd jasje! Ze kunnen nu hun werkdag samen indelen, ze zegt dat Ralf streng is, eerst komt het werk en dan pas de pils in de kroeg beneden. Dan zucht ze en ziet er heel mild uit: Tja, Irina, goed dat ik het bij Ralf zo lang heb uitgehouden.

Als Grietje af is en daarna nog een Jan Klaassen en een klokkeluider gaan ze eerst eens met vakantie, Ralf wil Marina Quedlinburg laten zien, de burcht, de zandstenen en vooral de oude kroegen, er schijnen er nog een paar open te zijn.

Vier hoog

Manfred en Richarda M.

De man die achter deze deur woont ken ik al: Manfred M., twee meter lang, een meter breed, metselaar.

Ik heb hem op de binnenplaats deuren en banken zien repareren na werktijd, er stonden altijd mensen bij, hij had altijd het hoogste woord in plat-Berlijns en de woorden waarmee hij hen aan het lachen maakte gingen nogal eens ten koste van de luisteraars die hij achter de ramen vermoedde.

Op een keer riep hij me naar zich toe en hoorde me ten overstaan van de omstanders uit over mijn vak. Hij nam zeker aan dat het me moeite zou kosten mijn soort van nietsdoen te verantwoorden. Dat ik opschreef wat de bewoners bij hem in huis me vertelden vond hij meteen prachtig, maar alleen als ik me aan de uitspraak van Otto Grotewohl hield: 'Schrijf nooit geflatteerde artikelen!'

Op een gegeven moment liet hij me een witte vlag zien met daarop het embleem van het derde Wereldfestival[10] van 1951 in Berlijn, zei dat hij die tussen lompen had gevonden, onuitstaanbaar om een mooie herinnering zo tegen te komen en dat het ding gewassen en gestreken moest worden. En jawel, een paar dagen later hing de vlag uit een raam op de vierde verdieping, zij het ongestreken.

Nu sta ik voor zijn voordeur en doet niet de reus open maar een kaboutervrouwtje, voorzichtig trekt ze de deur open en gaat met trippelpasjes voor naar de huiskamer. Daar zit Manfred M. op de bank met voor hem op tafel een fles cola, ernaast een fles vieux, de tv staat aan – voetbal.

De eerste dag in dit huis kan hij zich nog precies herinneren, dat was eind juli 1959, een mooie dag, zonneschijn, de woning was leeg. En het eerste dat we zagen was de school, zegt mevrouw M. ertussendoor, daar waren we wat blij om.

In augustus zijn ze verhuisd, met de firma Wiedemann op een zaterdag, toentertijd nog een werkdag, een collega heeft mevrouw M. geholpen met verhuizen want Manfred M. had weer eens een akkefietje, afrekenen voor de brigade of zo. De kinderbedden werden het eerst op hun plek gezet, 's avonds laat protesteerden de kinderen opeens dat hun kamer zo klein was, hebben hun ouders de bedden nog weer uit elkaar gehaald en ze in de kamer gezet die de kinderen wél wilden. Jij hebt dat goedgevonden, zegt mevrouw M. gauw.

Witheet was onze Doris erover, zegt de man.

Doris is de oudste van de drie, als Manfred M. het over haar heeft glimlacht hij, Doris is zijn enige dochter en na elke opmerking over haar zegt hij: Die heeft ook gestudeerd.

Met dat telkens terugkerende zinnetje vat Manfred M. zijn dochter samen. Voor zichzelf heeft hij ook zo'n zinnetje: Ik ben een arbeider.

Manfred M. heeft drie jaar voortgezet onderwijs, MULO heette dat destijds, het was de bedoeling dat hij doorleerde maar hij wou metselaar worden. En wat hij later niet allemaal voor cursussen mocht volgen, hij wuift het weg, hij zou het niet meer weten, het interesseerde hem niet. Interesseerde hem niet en daarmee uit, zijn eerste kind zat eraan te komen, misschien was hij nou anders wel ingenieur of leraar geweest, leraar had ie best willen worden, maar nou – zijn we gewoon arbeider.

Als hij 'metselaar' zegt heeft dat een heel andere klank.

Ik maak hem erop attent, nou ja, zegt hij, metselaar is ook een mooi vak, legt de klemtoon op 'ook' – dus wel mooi maar misschien niet het goede?

Jazeker wel, maar sommige mensen denken bij d'r eigen van: die man is alleen wat waard met zijn troffel, die hoef je op straat niet te groeten – of niet soms?

Je kunt Manfred M. op straat moeilijk over het hoofd zien, wil hij beweren dat de mensen hem niet groeten?

Nee, zo direct heeft hij dat niet beweerd, maar je hebt wel van die klanten... Hij maakt zijn zin niet af, krabt op zijn hoofd, goed dan, 't is een mooi vak, metselaar, dat moeten we nou niet verkeerd gaan opvatten. Het vak heeft ie van zijn grootvader, een Berlijnse voorman. En een voorman, zegt Manfred M., ha, die moest er wat van kunnen als metselaar!

Zijn grootvader kon er dus wat van, wat heeft hij gebouwd?

De kleinzoon denkt na, vertelt, ik noteer:

woningen

ministerie van Rijksluchtvaart

schuilkelders

noodherstel na de oorlog.

Ik lees het Manfred M. voor zoals het onder elkaar staat, hij kijkt ervan op, zo duidelijk is het hem nog nooit geweest, zijn grootvader misschien ook niet, die mocht blij zijn dat hij werk had.

Over zijn vader praat hij niet graag, naar hem moet je vragen, het schijnt een stramme man te zijn geweest, lid van alle partijen – eerst de SPD, toen de NSDAP, na de denazificatie meteen bij de KPD, alleen herkende iemand hem toen als nazi en moest hij zijn partijboekje weer inleveren.

Manfred M. zegt dat zijn vader hem het liefst een helden-dood had zien sterven, als het even kon met een pantservuist in de hand. Als hij aan zijn vader denkt herinnert hij zich de parades waar zijn vader hem mee naar toe nam, vooral de laatste, waar 'kameraden uit de voorste gevechtslinie' in mee-marcheerden, want die zag hij weldra terug. Dat vertelt hij als volgt:

Toen ons huis gebombardeerd was had ik alleen nog dat zwarte uniform van het Jungvolk, daar hád ik de pest aan! Ik de knopen eraf rukken, hielp niks. Zitten mijn moeder en ik in de Boxhagener Straße in de kelder, ga ik een kijkje nemen boven, krijg nou wat, denk ik, zover kan de Führer zich toch niet hebben teruggetrokken, komen me daar onze dappere soldaten langs! Zeven man trekken een antitankkanon aan een touwtje! De voorste gevechtslinie! Ik weer kijken, komt er een Rus aan, nog een en nog een, die rennen van het ene huis naar het andere, laten zich vallen, schieten, hollen verder, zo komen ze ter hoogte van ons huis. 't Is dat ik vandaag de dag weet dat die niet maar aan één kant van de straat liepen, maar toen keek ik ernaar alsof ik in de bios zat, opeens stond er eentje voor me met een machinepistool, die had maar hoeven afdrukken naar mijn klotezwarte uniform maar die schreeuw-de alleen iets, ik naar beneden de schuilkelder in en roepen: De Russen zitten boven! – Kreeg ik meteen een klap voor mijn bek van de schuilkelderbewaker. Mocht ik geen kolder verkopen.

Hij vertelt met brede gebaren, maar goed dat hij alleen op de bank zit. Met zijn glas cola in de hand beschrijft hij de laatste dagen van de oorlog, de eerste dagen van de vrede, hoe hij bij de bouw kwam en niet tegen het kalkstof kon (een rode ogen dat ik had!), hoe hij lid werd van de FDJ en de opdracht kreeg om een spreekbeurt te houden over Poesjkin en Joliot-

Curie[II] (daar had nog niemand in Berlijn toen van gehoord!), hij hield 'm in café Lehnbach, dat hadden ze gesloten (een oweeërskroeg!) en weer geopend als buurtclubhuis van de FDJ. Een goed draaiende club (geen disco maar discussies!), altijd vol en vaak ging iemand de rest iets voorlezen, daar hoefde niet eerst een schrijver voor te komen. Een van de actiefste FDJ'ers uit de buurt was ik, in die tijd voor het Wereldfestival, we waren bevlogen za'k maar zeggen, ik hield weer eens een toespraak en toen kwam zij (breed gebaar naar de stoel) binnen! Richarda!

Het vrouwtje zit schuin op het puntje van haar stoel te luisteren.

Ze zegt nooit wat!

In 1953 zijn ze getrouwd, zevenentwintig jaar geleden, maar toen al in de club stoorde hij zich eraan dat ze niks zei. Ze zegt nooit wat! is de zin die hij achter elke zin over zijn vrouw plakt.

Hé, zeg nou eens wat! En in de overtuiging dat ze toch niets zal zeggen wil hij al doorgaan – maar ze praat.

Met haar hoge stem vertelt ze over haar wonderbaarlijke terugkeer naar de wijk Friedrichshain, waar haar man en zij in hetzelfde jaar zijn geboren maar waar ze al als baby door een tante is weggehaald en meegenomen naar een dorp bij Neustettin in Pommeren omdat haar moeder in 1933 was overleden. Ze is bij haar tante opgegroeid en met haar, haar grootvader en een handkar in 1945 op de vlucht gegaan, de eerste nacht kwamen ze door een bos waar dode soldaten aan de bomen hingen. Mevrouw M. houdt haar handen voor haar gezicht, ze moet er niet aan denken, Duitsers hadden Duitsers opgehangen omdat die niet meer wilden vechten.

De voorste gevechtslinie, zegt Manfred M. ertussendoor.

Haar tante kwam met de kleine Richarda tot het Müritzmeer in Mecklenburg, daar woonde oom Gustav, een boswachter. Zijn gebied bestond uit een particulier bos en dat was van een staatsraad, ene Hermann, Richarda had er weleens de vakantie doorgebracht, dan werden er grote jachtpartijen gehouden, Richarda zat bij de drijvers, bij de jagers zat Hermann Göring, ze heeft hem zelf gezien met zijn dikke buik en zijn Lederhosen.

Schieten kon hij niet, zegt Manfred M., oom Gustav zei dat hij niet kon schieten, er moest altijd iemand achter hem helpen mikken.

Na de oorlog had je geen particulier bos meer, het hek verdween maar de boswachterij bleef en de naam ook: Fauler Ort, rotte plek. Van de boswachterij naar het dorp was het twee kilometer, 's ochtends liep er een hond met het meisje mee naar school en die stond dan voor de school als de lessen waren afgelopen – Alf, een zwarte herdershond.

Toen Richarda veertien was verhuisde haar tante met haar naar Berlijn voor haar verdere opleiding, in de Neue Friedrichstraße leerde Richarda het kappersvak, later kwam de permanent in de mode, Richarda kon niet tegen dat zuur, ging in een winkel werken en daarna lakspuiten bij de EAW, een elektrische apparatenfabriek, is uiteindelijk apothekersassistente geworden. Tegen die tijd had ze al drie kinderen, die zijn nou groot: Doris is econoom, Norbert elektriciën en Peter automonteur.

Van werkgever of beroep is het echtpaar al in geen twintig jaar meer veranderd, hij is brigadier[12] van een metselaarsbrigade die in Prenzlauer Berg oude huizen renoveert, zij gediplomeerd apothekersassistente.

Ze komen allemaal naar haar toe, zegt Manfred M., gaan liever naar haar dan naar de dokter, en lacht weer hard, zijn vrouw schudt haar hoofd – allemaal overdrijving.

Hoezo, zegt haar man, we wonen hier al twintig jaar, we zijn nooit ergens te beroerd voor, dat kan ze gerust opschrijven. Achtduizend VMI-uren[13] heb ik erop zitten vanaf dat we hier zijn komen wonen, achtduizend! Doe me dat maar eens na, alle reparaties doen we zelf. We – laat me niet lachen, liever gezegd: het bestuur van de huisgemeenschap, nog liever gezegd: mijn ouwe-herenploeg! Altijd dezelfden!

VMI wil zeggen Volkswirtschaftliche Masseninitiative, initiatieven van de massa's om de economie te steunen, jaren geleden had je daar de afkorting NAW voor, wat stond voor Nationales Aufbauwerk, nationaal opbouwwerk.

Iedereen die hier komt wonen wacht eenvoudig op een nieuwbouwwoning, zegt Manfred M., die kan het niet verrotten hoe lang dit huis nog overeind blijft staan en in het weekend hoef je al helemaal op niemand een beroep te doen.

Manfred M. heeft ook een huisje buiten, het zou toch te gek zijn als hij dat als metselaar niet voor mekaar had gekregen in die twintig jaar, maar eerlijk hè, dat wil hij beklemtoond zien, helemaal éérlijk! Hij had ook allang een nieuwbouwwoning kunnen hebben maar hij wil niet uit Prenzlauer Berg weg. Waar anders kent hij elk huis van binnen, waar anders wordt hij aangesproken zodra hij de straat op gaat, het hagelt wederzijdse gedienstigheden en beloftes want er zit hier maar één loodgieter, die ze allemaal kennen, één kachelsmid en één metselaar – en dat is hij. Hij vertelt het met koket neergeslagen ogen, ja, op straat kan hij overal over meepraten en hier in huis moet hij het zaakje sowieso in de gaten houden.

Saamhorigheid van het volk, zegt hij er ten overvloede bij. Wuift het dan weg, ik kom zelf gewoon uit het volk, maar een beetje kijk op de zaak betaalt zichzelf wel terug.

Daarom heeft hij ook geen auto, hij fietst van de ene

bouwplaats naar de andere en als hij dan bij zijn brigade komt en ze hebben geen werk (als het waterhoofd zit te maffen!) dan weet hij altijd wel iets waar ze mee verder kunnen.

De hele dag in de kroeg hangen, zegt hij, dat is voor ons soort mensen onbetaalbaar. Over onbetaalbaar gesproken. Er is van alles onbetaalbaar geworden in de loop van de tijd. Neem nou zo'n zinnetje als: Het materiaal brengen we mee.

Toen hij nog bij de FDJ zat was het doodgewoon dat je in de ruïnes stenen ging schoonbikken. Om niet.

Hij in z'n eentje heeft zo'n beetje genoeg bakstenen gebikt om er een huis van vier verdiepingen van te bouwen, zo'n huis als waar hij nou in woont! Moet hij die bakstenen dan nou soms weer gaan stelen om er in zijn vrije tijd geld mee te verdienen?[14] Het materiaal brengen we mee!?

Daar wil hij het met me over hebben: of hij niet met zijn tijd is meegegaan? Is hij een sul als hij geen nee kan zeggen tegen de mensen uit de buurt en weinig geld voor een klusje vraagt? Maakt hij zich belachelijk als hij zo'n VMI-actie op touw zet?

Manfred M. wil geen sul zijn.

Officieel ben ik geen sul, zegt hij, de Zilveren Erespeld van het Nationaal Front heeft hij in drievoud, activist[15] is hij vier keer geweest en de medaille voor verdiensten voor de DDR heeft hij ook, maar of dat nou veel over iemand zegt? Wa ben 'k?

Hij denkt na en telt dan op de vingers van zijn grote hand af wat hij niet heeft gedaan: in de bak gezeten – niet, zijn hielen gelicht – niet, vreemdgegaan – niet, gescheiden – niet en, bij zijn pink aangekomen: ha, een metselaar! Dat kan ik niet meer horen. Om maar wat te noemen, toen zijn dochter Doris op het VWO kwam, was ze het enige arbeiderskind in de klas, zegt die docente op de eerste ouderavond: Ha, een metselaar! Dit lokaal kan wel een kwastje gebruiken. – Ik in me uppie? had Manfred M. gevraagd en het was doodstil gebleven in het lokaal. Dan laten we toch gewoon een schilder komen, had een van de ouders gezegd en prompt zaten ze allemaal met een bankbiljet te wapperen. Ik heb niks gegeven, zegt Manfred M. Uit principe.

We lachen, de bel gaat, er komt een oude man binnen, Rudi, heb je die buizen nou, zegt Manfred M., de bel gaat weer, er schuifelt een vrouw met een wit keeshondje de kamer in, wil met mevrouw Richarda alleen praten, ziet u nou, zegt de heer des huizes tegen mij en biedt iedereen een fauteuil aan. Plaats genoeg, gewoon de lappenkabouters een eindje opschuiven, smurfen noemen ze die in 1980 in Berlijn.

Binnenplaats

Binnenplaats

Op de binnenplaats tussen het voorhuis en het dwarsgebouw ligt een laag beton vol kuilen die plaats bieden aan allerlei plassen. De poort, oorspronkelijk bedoeld als toegang naar de werkplaats waarvan men in 1892 nog niet kon weten wie hem zou gaan huren (eerst een timmerman, later een fietsenmaker, toen een markiezenmaker), vormt tegenwoordig de doorgang voor twee vuilniscontainers. De vuilophaaldienst heeft ze midden op de binnenplaats gedeponeerd, pal voor een rond, met bakstenen omlijst bloemperk. In dat bloemperk prijkt 's zomers een armetierig kransje planten, roze bloeiend, rondom een stel tulpen die de vriendelijke schenker ervan niet helemaal in het midden heeft weten te krijgen.

Op het achterste éénderde deel van de binnenplaats, waar een kastanje uit de grond oprijst, hebben de betonstorters een stuk uitgespaard en dat met een verhoogde rand afgezet. Kastanjes doen het zelfs op donkere binnenplaatsen, deze krijgt licht genoeg, de achterhuizen vormen een onregelmatige vijfhoek, de boom is vanuit alle ramen en balkons te zien. Hij zal een jaar of tachtig zijn, kan hier dus nog niet gestaan hebben toen het terrein nog akkerland van boer Griebenow was.

Tegen de achtermuur van het buurhuis, vanwaar een tuinmuur om de hele binnenplaats loopt, is een werkplaats opgetrokken. Zulke werkplaatsen tref je in Berlijn-noord op talloze binnenplaatsen aan, ze leverden extra huur en arbeidsplaatsen op, ook al waren degenen die er hun ambacht uitoefenden allang

geen producenten meer maar nog slechts reparateur of toeleveran-
cier aan grote ondernemingen.

Tegen de tuinmuur staan twee banken, de schaduw van de
boom bereikt ze vanaf het middaguur, af en toe zitten er oude
vrouwen op, Emma S. zonder mankeren, zij voert de poezen. De
poezen wonen in de kelders en op de binnenplaatsen van de
omringende panden, de meeste zijn zwart, één kater is cypers.
Emma S. kan ze uit elkaar houden, ik weet niet of ik elke keer
dezelfde heb gezien, ze rekten zich behaaglijk uit naast de vuil-
niscontainers en liepen niet weg.

Op een oude foto, rond 1910 genomen, zie je de boom klein en
het bloemperk met een omranding van witgeglazuurde bakste-
nen, een lichte houten schutting in plaats van de tuinmuur en
kinderen in donkere schorten.

Mevrouw F. had me de foto laten zien, zelf stond ze er ook op,
een dikkerdje van drie met een wit kraagje. Vroeger gingen de
moeders niet uit werken, die stonden altijd meteen voor het raam
als je riep en schoon was het altijd, zeker in het weekend, dan
kwam de beheerder op zaterdagmiddag de boel vegen en stuurde
de kinderen naar binnen, mochten ze tot zondagavond niet op de
binnenplaats spelen, dan speelde het hele gezinsleven zich op het
balkon af en bliezen de vaders uit van hun werk.

De enige moeder die ik nu regelmatig uit het raam zie hangen
is Sylvia S., begane grond rechts, breedgeschouderd, haar armen
stevig op een kussen op de vensterbank geplant.

Aan alle muren die de binnenplaats omsluiten hangen kalk-
bladders starre bizarre patronen te vormen. Als je ze aanraakt
komen ze in beweging, ritselen als stof naar beneden. Van het
straatlawaai hoor je hier niets, op hoogzomerse dagen is de
binnenplaats met zijn groene kastanje welhaast een oase.

In de zomer van 1979 stonden op de binnenplaats mensen naar
een raam te wijzen op een bovenverdieping achter de tuinmuur,

in alle vroegte was daar een man uit gevallen. Wie het was en of het opzet was wist niemand.

Dat najaar organiseerde Manfred M. een corveedag [16] op de binnenplaats, telde de neuzen en zei dat het er weer evenveel waren als de vorige keer en weer dezelfde.

's Winters verschenen op het bloemperk een sneeuwpop en een hondje van sneeuw. Twee opgeschoten jongens bekogelden ze met sneeuwballen, tot Bruno C. uit het raam keek en zei: Laat dat eens staan!

Afgelopen voorjaar verscheen er in de poort naast het opschrift ZORRO een nieuw in krijt: Dooie zooi hier.

Van de zomer waren beide opschriften verdwenen, daarentegen stond nu op de kelderdeur van het achterhuis vijf keer de letter Z.

Dit najaar werden de regenpijpen vernieuwd, de ene was nu roestbruin, de andere grijs, allebei van plastic, en de banken waren verdwenen.

Van de winter liet de KWV de bakkerij ontruimen. De gigantische koelkast en de ijzeren rekken voor bakblikken werden naast de werkplaats van mevrouw G. tegen de muur gezet. Er kwamen metselaars die om de troep een eensteensmuurtje optrokken van ongeveer een meter hoog. Iemand legde een van de lange broodplank en van populierehout op de smalle bovenrand en die bleef daar zo liggen tot dit voorjaar.

Binnenplaats

Elsa G.

WATERDICHTE DEKZEILEN- & MARKIEZENMAKERIJ
sinds 1904

staat er boven deur en raam, veel glas, stoffig van binnen, stoffig van buiten, voor het raam hangt een deken. Het heeft geen zin om hier naar binnen te gaan, moeten de mensen zeker denken, mevrouw G. zegt dat de glazenwasser haar telkens overslaat. Toen ik de eerste keer de klink omlaagdrukte en de deur onverwacht openging stond ik tegenover twee bejaarde vrouwen, de langste zei gemoedereerd: Ja, kijk maar eens rustig rond.

Deze werkplaats heeft mevrouw G. in 1945 met haar man ingericht, daarvoor zat er een rijwielhersteller. Meneer G. had zelf tot 1945 een markiezenwinkel annex slotenmakerij aan de Alexanderplatz gehad – slotenmaken hoort er eigenlijk bij, maar dat hebben ze hier maar laten schieten.

Mevrouw G. deed een greep op de plank, trok zeildoek te voorschijn, gooide het op tafel, daar was vast een half machinepistool op leeggeknald voordat de eigenaar het aan flarden scheurde. Mevrouw G. zei er botenzeil tegen. Met zoiets komen ze nou bij mij aanzetten, de lummels. Daarna vroeg ze wat ik van mijn vak was en vond het verbazend. Pas geleden was hier een rechter geweest, dat had ze gewoon niet kunnen geloven totdat die man bij zijn antwoord: Ja, ik ben echt rechter, zelf moest lachen.

Het woord 'rechter' vond ze maar raar. Dat iemand anderen berecht, voor zijn vak, terwijl het toch allemaal noodlot is.

Haar noodlot was Joseph Goebbels. Die had in 1939 de Rijksduitsers uit Roemenië opgetrommeld om naar Duitsland terug te komen. Haar ouders waren ook noodlot omdat ze met hen mee is gegaan naar Berlijn, en de oorlog ook. Die maakte G.'s vrouw en zijn kind dood, waarop hij, de eigenaar van deze werkplaats, in 1948 voor de tweede keer trouwde in het raadhuis van Pankow. De man was toen tweeëndertig, hij heeft haar zestien jaar trouw terzijde gestaan, maar dat lag bij haar geboorte allemaal al vast want elk mens krijgt zijn lot bij zijn geboorte mee, daar helpt geen lievemoederen aan, zo is het, zo en niet anders!

Het klonk somber zoals ze het zei en daarbij de grauwe lap plooide en naaide, intussen stond haar oude vriendin met haar groene hoedje stijf tegen de muur, keek een paar keer schichtig mijn kant op en mompelde: De jongelui geloven tegenwoordig geen van allen meer in God.

Stem van de kniptafel: God, God, nou ja, als het beestje maar een naam heeft, maar de NATUUR, de hogere macht, daar begin je niks tegen, daar ken niemand tegenop! En dat is maar goed ook, als iedereen op z'n eigen manier ging zitten hannesen!

Ik vroeg of we toch niet een klein beetje zelf konden bepalen, ja, gaf ze toe, een kleinigheid wel... over jezelf heb je het wel voor het zeggen..., dat kwam er aarzelend uit, snel en hard daarentegen: Maar als je noodlot nou vastligt, dat kan je niet ontlopen! De vriendin tegen de muur knikte mistroostig.

Mevrouw G. praat met een rollende r en zegt 'lumels' in plaats van 'lummels'. Zo praatten ze in Tsjernowtsy, in de

Boekowina. Elke keer als mevrouw G. de naam Tsjernowtsy uitspreekt gaat ze rechtop zitten.

Zo prachtig mooi, dat stadje!

Waarom kan dat nou niet in vrede leven?!

Ze zwaait met haar kleermakersschaar in de lucht en roept: Het zijn d'r altijd maar een handjevol! Maar die hebben de macht!

Aan de macht van het kwaad wordt hier niet getwijfeld, het vervelende van het goede is dat het zo zwak is. Het is er wel, maar het kwaad rukt op: vandalistische jeugd, stellen die niet trouwen en zo op de zak van de overheid teren. De overheid moet eens naar de mensen luisteren, zegt mevrouw G., die maakt veel fouten maar dat wil ze niet inzien.

Moet je nagaan, wij speelden op ons veertiende nog met poppen! We waren veel tevredener. Als we onze zondagse kleren aan mochten waren we al tevreden.

Tevreden uit Tsjernowtsy weggegaan?

We deden nou eenmaal gauwer wat er gezegd werd.

De werkplaats bestaat uit twee vertrekken, in de ene de drie meter lange kniptafel, in de andere twee oude naaimachines met voor elk een ruwhouten bank.

Hier zaten ze, man en vrouw, dekzeilen te naaien voor vrachtauto's, die moesten dan ook nog geïmpregneerd.

Het viel me op dat alles in het vertrek bruin was – het vettige staal van de machines, het behang, het hout van de schappen, tafels, vloerplanken en de kartonnen dozen in elke hoek. Door het stoffige raam scheen zon. Mevrouw G., achter me, praatte zachtjes met haar botenzeil. Rustig blijven, jochie! Ze lachen toch al dat ik zoiets aanneem. Ik krijg je wel in mekaar gehannest.

In de stilte leek de klok teruggezet: ik zat in een bruingetinte foto van een naaiatelier in het Oosten. Dan opeens de schelle stem van de vrouw met het groene hoedje: Ja ja, óf we benne te vroeg geboren of te laat.

Een week later liet een vriendin me een nieuw boek zien: poëzie van Selma Meerbaum-Eisinger, teruggevonden gedichten van een meisje dat in 1923 werd geboren en op haar achttiende door de ss vermoord, het meisje kwam uit Tsjernowtsy.

Ik dacht aan mevrouw G., hoe ze in haar schort en leren laarzen van 's ochtends vroeg tot 's avonds laat aan haar stugge lappen zat te sjorren en te goedig was om een bestelling te weigeren, misschien had ze Selma Meerbaum wel gekend.

Drie dagen later vroeg ik het aan haar. Mevrouw G. zocht in haar herinnering.

Ik was in mijn jonge jaren spreekuurassistente bij een k-en-o-arts, daar kende je zowat iedereen.

Een joods meisje, haar moeder had een passementwinkel.

Tja, je kon natuurlijk niet iedereen kennen.

Ze is in een concentratiekamp omgekomen.

Wat erg, zei mevrouw G. En vertelde dat haar vader als ritmeester het beheer had gehad over een landgoed in de buurt van de stad en een van de eerste Duitsers was geweest die gehoor hadden gegeven aan de oproep van het Hitlerregime om naar het vaderland terug te keren. Hij had zich er gelukkig bij gevoeld, voor hem had er nooit iets anders bestaan dan Duitsland, Duitsland. In 1939 arriveerden de eerste vier Duitse gezinnen uit het buitenland in Berlijn. Een uit Brazilië, een uit Letland, het derde uit Siebenbürgen, bij het vierde gezin hoorde zij, zij kwam uit de Boekowina.

Wij waren de eerste repatrianten.

Als ik in de buurt moet zijn wip ik bij mevrouw G. aan, ze schuift altijd een stoel voor me bij om wat te kletsen. Ik kijk toe terwijl ze de zware doeken gladstrijkt en aan elkaar stikt en luister naar haar uitspraak, die ik alleen uit boeken kende, sinds ik die gedichten heb gelezen voel ik me in haar werkplaats niet meer als in een voorbije tijd. Ik ga bovendien altijd zo zitten dat ik de ramen van het huis aan de overkant kan zien.

Mevrouw G. heeft het vaak over liefde. Daar snak je naar, zegt ze dan, al ben je nog zo oud, en schudt haar blonde peper-en-zout lokken.

Binnenplaats

EEN RAAM

Het raam is het enige in de verder kale gevel van het buurhuis: overdag brandt er neonlicht en zie je witte gordijnen, de spijlen voor het raam zijn nieuw, wit geschilderd, soms hoor je een schrijfmachine.

Als je de winkel van het buurhuis in zou kunnen lopen, waar vroeger een slagerij heeft gezeten (helemaal achterin waren de paardestallen, dat ziet u nog aan die gemetselde poortgewelven), zou je in de kamer met dat raam uitkomen, maar de winkel is nu bij een reisbureau als magazijn in gebruik. Het reisbureau huurt de hele etage al tien jaar, zegt een vrouw in een wit jasschort, en de directeur zit hiernaast, die moet wel eerst toestemming geven. Ingang via de binnenplaats.

Op de binnenplaats van de buren staan vier kastanjes, daaronder liggen vier enorme autobanden (een cadeautje van de huisgemeenschap aan de kinderen), voor alle ramen op de begane grond zitten witte spijlen. Naast de zes gebutste brievenbussen van het achterhuis heeft het reisbureau een stalen deur laten aanbrengen, waarop aan de binnenkant een briefje hangt met de eerstkomende vier data waarop salaris wordt uitbetaald.

In de kamer van de secretaresse hangen reclameaffiches voor Midden-Azië aan de muur, de vrouw houdt de deur van haar chef tegen haar rug, 'k moet jullie effe storen, zegt ze nadat ze de deur heeft opengedaan en wenkt dan dat ik door kan lopen – daar zit hij al: de directeur.

Een meneer van rond de veertig in een rode trui, met rechts van hem aan de punt van de lange vergadertafel een vrouw. Ze kijken me allebei vriendelijk aan maar snappen er niets van.

Zomaar wat kijken, wat moet dat?

Onze onderneming is van de overheid en geen privé-bedrijfje, we zitten maar toevallig in deze straat, daar zijn de collega's bepaald niet gelukkig mee, het werpt een heel verkeerd beeld op het bedrijf als u nou net hierover gaat schrijven, niet alle afdelingen kunnen nou eenmaal in de nieuwbouw zitten.

Dus hij vindt het pijnlijk om in deze buurt te worden aangetroffen, heb ik dat goed begrepen?

De vrouw houdt haar lach in, het was zeker een overbodige vraag. Dan laat ze een naam vallen, Strotzer versta ik, de directeur knikt. Ja oké, dat is de aanpak, ze zullen collega Strotzer inseinen, die had ik eigenlijk moeten hebben, van hem zal ik wel horen of ik in die kamers mag.

Het kan niet gewoon zo, een paar minuten maar, één blik door het raam op onze binnenplaats?

Allejezus, het gaat toch om een publicatie, daar hebben we nou eenmaal een officiële route voor.

De directeur is al gaan staan en geeft me een hand: privé is er van alles mogelijk maar officieel moet het nou eenmaal op z'n Pruisisch. Dat laatste heeft hij op z'n Saksisch uitgesproken, waarschijnlijk ergert hij zich.

Dwarsgebouw

Begane grond

LINKS
Laboratorium

De deur zit op slot, de bel doet het niet, een naambord ontbreekt, op het plastic plaatje dat er zit vastgeschroefd staat FOTOLABORATORIUM.

Het laboratorium wordt gebruikt door een fotograaf die zijn atelier om de hoek heeft. Hoe vaak ik ook aanklopte, er was nooit iemand, maar op een dag kwam ik de fotograaf in het trappenhuis tegen, hij deed net zijn donkere kamer op slot om weer naar zijn winkel te gaan, een zwijgzame oudere heer van een jaar of vijftig, draagt veel grijs en loopt gebogen, in zijn laboratorium komt hij alleen tussen de middag, 's winters als het te koud is helemaal niet, dan ontwikkelt hij zijn filmpjes in de kamer achter zijn winkel, de zaak loopt goed.

In de winkel had ik een keer staan kijken hoe hij werkte. Achter hem op de planken stond een serie vrouwenportretten, daarbij vielen me een Afrikaanse vrouw op en een bekende actrice (opgegroeid in het huis aan de overkant) en verder het meisje Angela S. uit het achterhuis.

Terwijl de fotograaf intussen pasfoto's sorteerde en zo nu en dan een klant achter een donker gordijn liet plaatsnemen – daar hoorde je hem dan zachtjes aanwijzingen geven, hij praatte trouwens altijd zacht – hij vertelde me niet zonder ironie dat hij het fotograferen van zijn vader had geleerd, die fotograaf was geweest in de Neumark, een gebied aan de overkant van de Oder, maakte ook gewag van een oom die hoffotograaf was in Gotha.

In die tijd waren fotografen nog echte kunstenaars, zei hij, schilders, ze schilderden de decors waar de mensen zich voor lieten fotograferen: parken, kastelen, palmen aan het strand. Mijn tegenwerping dat hij hier in de buurt als een prima fotograaf werd aanbevolen nam hij met een glimlach voor kennisgeving aan en zei dat hij er vaak over had nagedacht waarom de mensen altijd vonden dat ze goed op zijn foto's stonden maar dat hij er nu achter was: je moet je klanten als mensen zien.

In de gang, voor de deur met het bordje fotolaboratorium, deed de fotograaf afwijzend.

Hij wilde zijn laboratorium niet laten zien, vermoedde dat ik een woning zocht, maar dit hier was niks anders dan een vochtige ruimte, niet geschikt voor bewoning, in geen twintig jaar had er iemand aanspraak op gemaakt.

Schrijven, zei hij met een zuinig mondje, een berichtje over een jubileum in de branche kon hij zich nog voorstellen maar van een beschrijving van hemzelf of zijn werkvertrekken zag hij het nut niet in. Er wordt zóveel geschreven, zei hij met een nadruk dat ik 'en zó weinig gedaan' had moeten aanvullen, maar ik knikte alleen en hij glimlachte weer veelzeggend.

Als u per se wilt schrijven, schrijf dan maar over de katten, die hebben zich in de kelder genesteld, wat een beestachtige stank, of ruikt u dat niet? Daarop draaide hij zich om en liep snel over de binnenplaats weg.

Begane grond

MIDDEN
Emma S.

Emma S. neemt me van de binnenplaats, waar ze de poezen heeft gevoerd, mee naar het achterhuis. Als ze de sleutel in haar voordeur steekt slaat in het huis van de buren een hond aan. Dat is een vrouwtjeshond, zegt Emma S., die is hier alleen op visite. Ze heeft me meegenomen om me haar kater te laten zien, haar eigen kater die nooit op de binnenplaats komt. Hij ligt op een pluchen stoel, tilt verstoord zijn kop op en springt tussen de vrouw en mij in, dan zie je dat hij de afmetingen van een gemiddelde jachthond heeft.

De kamer is niet wat je noemt aan kant, tegen de muur hangt een grote ingelijste tekenmop, OORKONDE staat erboven en: *Voor je trouwe dienst aan de potkachel bij* DEFA-*export.*[17] Er zit een foto van een man opgeplakt die een schop in zijn handen getekend heeft gekregen. Die is dood, zegt Emma S., hij was heel gezien als stoker. Ze waren ook heel geschikt bij dat bedrijf.

Emma S. loopt in een zwart jasschort, zit elke dag in het zwart op de bank achter de vuilniscontainers te kijken hoe de poezen smikkelen.

Hier in de kamer is ze aan tafel gaan zitten en niet in een luie stoel, kaarsrecht houdt ze zich op haar harde stoel, praat onduidelijk, slissend, in haar bleke gezicht bewegen alleen de lippen maar ze vertelt zonder dat ik haar iets hoef te vragen. Telkens zakt haar stem weg, dan onderbreek ik haar om te vragen wat ze het laatst zei en Emma S. zegt het dan even onbeweeglijk nog een keer.

Twee uur zitten we zo tegenover elkaar aan tafel, twee uur lang heeft ze het over de dood. Want de dood, zegt ze, is niet te vatten.

Als Emma S. het over zichzelf heeft zegt ze: ik was.

Ik was dom, ik was stil, ik zette een vetkaars in mijn kamertje tegen de wandluizen, ik was toch zo'n bangerik, ik kon niet mevrouw zeggen, dat kreeg ik niet over mijn lippen, ik was trots, knap was ik niet.

De anderen waar ze aan denkt waren goed.

Haar eerste man was goed, een stratemaker, op een foto staat hij lachend naast een wals, een mannetje met een slordig geopereerde hazelip. Hij trouwde met Emma toen ze al een buitenechtelijk kind had, dronk niet, hield van de kinderen, overleefde zelfs de oorlog, keek toen hij terugkwam niet raar op dat er geen plafond meer in de huiskamer zat. Maar ziek dat ie was. Ik ben helemaal kapot, zei hij tegen Emma, ging op de bank liggen en gaf geen kik meer. Een week later was hij dood.

Haar tweede man was goed, de stoker.

Emma kwam hem tegen toen ze weduwe was, met twee kinderen. Hij zei: Er is plaats zat in mijn huissie voor jullie allemaal, en hij maakte gebbetjes, met hem kon je dollen, iedereen mocht hem. Op zijn werk zei hij altijd: Ik ben maar een gewone arbeider maar ik vind er dit of dat van. En zijn baas interesseerde het wat mijn man ervan vond. Mijn man maakte nog gebbetjes terwijl hij al ziek was, hij heeft veel pijn geleden, maagkanker, bliefde alleen nog rookvlees en kotste het dan weer uit, maar tussendoor als het beter met hem ging was hij lief, streelde haar en zei: Heb ik goed voor je gezorgd?

Haar vader was ook goed, maar die stierf in razernij, midden in een ruzie omdat hij dacht dat zijn zoon hem de worst niet gunde die hij net wou gaan opeten terwijl de dokter het nog zo had verboden.

Maar het ergste was de dood van haar dochter, haar begaafde, bijzondere dochter, die is gestikt, met een hele klas meisjes van de handelsschool in een kelder aan de Frankfurter Allee.

Emma S. was toentertijd met haar twee jongste dochtertjes naar Liegnitz geëvacueerd, naar haar broer, ze hebben haar verteld op welke dag het is gebeurd, 26 februari 1944, en dat het een Engelse dynamietbom was.

Het schaap zat op d'r eentje in Berlijn, op haar vijftiende, en als ze haar eierkaart niet op zak had gehad had niemand geweten dat ze dood was: Vera. Het kind waarvan Emma in haar eerste dienstje zwanger werd zonder de vader te kennen, zijn naam niet, zijn beroep niet. Ze denkt dat het wel een acteur zal zijn geweest.

De dochter van haar mevrouw heeft haar bij de hand genomen, mee naar een kraamkliniek waar zwangere meisjes acht weken konden werken, dan kostte de bevalling niks. Vera moest naar een pleeggezin omdat Emma naar haar mevrouw terugging, een ouderlijk huis kreeg ze pas toen haar moeder trouwde, maar ze is eerder doodgegaan dan haar nieuwe vader. Vera is ook nog een keer bij Emma en de kinderen in Liegnitz geweest, ging toen in haar eentje zwemmen in het meer en schrok zich rot omdat er een man uit de bosjes kwam. Dat was een Fransman die bij de buren als gastarbeider werkte. Ik ben toch geen monster, zei die Fransman, waarom ging ze er nou opeens vandoor? Die Fransman zat daar goed bij de buren, die deden de knip op de deur en lieten hem aan tafel meeëten. Hij heeft de oorlog overleefd.

Een ander goed mens in Emma's leven was een joodse tandarts bij wie Emma schoonmaakte. Zijn vrouw was een christen. Die was slecht voor haar man, zegt Emma. Alleen voor haar witte pekinezen was ze goed, die mochten op de bedden, daar was toch geen schoonhouden aan voor Emma? Op een keer toen Emma in de slaapkamer afstofte, zat de man op bed en zag er zo raar uit. Voelt u zich wel goed, zei Emma. Toen trok hij een la open en haalde er drie pistolen uit. Wil jíj me verdedigen? zei hij. Kort daarop is hij door de ss opgehaald. Ze zeggen dat hij in een concentratiekamp is doodgeschoten omdat hij stiekem recepten voorschreef.

Die tandarts was dol op Vera, als Emma kwam schoonmaken mocht ze mee, dan deed hij spelletjes met haar. Hij kroop een keer op handen en voeten over de vloer en Vera zat op zijn rug en riep: Ho stop, ouwe braadkip! Daar heeft die man zich een bult om gelachen.

Emma schudt haar hoofd, waar ze dat vandaan had op haar derde: ho stop, ouwe braadkip. Dan staat ze op om een kartonnen doos met foto's te halen en smijt een handjevol op tafel: Emma met man en dochter aan de oever van de Rijn, dochter met schoonzoon, de kleinkinderen, Emma in haar eentje.

De foto's zijn in kleur, op elke foto wordt gelachen, Emma S. kijkt naar haar lachende gezicht en knikt, weet het weer. Van haar andere dochter met kinderen heeft ze ook foto's maar dan in zwart-wit en zonder schoonzoon, die dochter zit in de DDR, is gescheiden, woont nou in Marzahn.

Even vlug als ze de foto's heeft uitgespreid schuift ze ze weer op een hoopje, over de levenden heeft ze niet veel te melden. Dan diept ze onder uit de doos een foto op waarop een huis is te zien met ernaast een donker schuurtje, een stuk tuinschutting en een lichte weg.

Daar woonde ze voor ze naar Berlijn kwam. In dat schuurtje had haar vader de meelzakken liggen, die maakte hij een voor een open om te proeven, liet het vochtige meel bovenop de bakoven drogen. Over die weg gingen de kinderen 's ochtends om zes uur met verse broodjes naar de dominee, de cantor, de eigenaar van het riddergoed, op het kasteel waren de jachthonden vals. Het meisje met vlechten dat daar piepklein met haar rug naar de fotograaf staat is Hannchen, haar oudste zusje, die ging het eerst als dienstmeisje naar Berlijn.

Hannchen was meid bij ene Ludwig Döblin, die leverde fineerblad aan meubelmakers, een jood, de broer van de schrijver Alfred Döblin. Hannchen wou Emma altijd terugsturen als die bij haar mevrouw was weggelopen.

Kom je nou alweer met je koffer aanzetten, Emma?

'k Ga niet terug naar dat gemene serpent, laat me blijven, Hannchen.

Dan liet Hannchen Emma een nachtje blijven en stuurde haar de volgende ochtend terug.

Hannchen is zelf tot zijn dood bij Döblin gebleven. Hij heeft zich nog vóór 1933 doodgeschoten in een toilet op station Friedrichstraße en datzelfde jaar overleed zijn kokkin Minna aan de griep. Minna was bevriend met Hannchen, daarom mocht Hannchen de schilderijen houden die in Minna's kamer hingen, van die bonte landschappen die Alfred had geschilderd, de schrijver. Twee schilderijen heeft Emma gekregen maar die zijn op een gegeven moment zoek geraakt. Zonde, zegt Emma S., maar van de mensen is het ook zonde.

Emma S. zet de doos weer in de kast. Nou moet u weg, zegt ze want ze wil het voer voor de kater gaan klaarmaken en daarna het voer voor de poezen op de binnenplaats. Ze voert ze ook 's winters, op een keer kwam er eentje die hadden kinderen zijn ogen uitgestoken, die heeft ze gevangen en dood laten maken, een andere had een huiduitslag, niemand wou hem aanraken. Ik raak ze allemaal aan, zegt ze. En wie komt er nou verder nog bij mij behalve de poezen. Pas geleden had ze een oplichter aan de deur, was ze wel zo snugger om hem niet binnen te laten. Soms komen haar kleinkinderen, die willen alleen geld. Als je hun twee mark geeft vinden ze het weinig maar ze pakken het wel aan en rennen gauw weg.

Over Emma's woning heb ik niets vernomen, niets over waar ze nog meer in Berlijn heeft gezeten. Ze heeft alleen uitgelegd hoe ze in dit huis terecht is gekomen: hier woonde haar jongste dochter, die ging scheiden en was ongelukkig. Emma's tweede man kwam op het idee om woningruil met hun dochter te plegen, ze moest weer lol in haar leven krijgen. Zodoende zijn ze op hun oude dag in het achterhuis getrokken.

Begane grond

Peter M. en Sylvia S.

Sylvia staat met een boodschappennet in de deuropening, amper verrast, we zijn geen vreemden voor elkaar.

Als ik over de binnenplaats naar het achterhuis loop en zij me daarbij vanuit haar raam op de begane grond gadeslaat, zeggen we elkaar gedag. Meestal heeft ze een wit of roze jasschort aan, nu een lichtblauwe anorak, ga maar naar binnen, zegt ze, we hebben al visite, opa. Daar zit Manfred M., de metselaar uit het voorhuis, die wil weleens zien hoe ik daarvan opkijk. Hij daar, die uk, da's me zoon, de jongste, in 1958 geboren, maar die was er 't eerst bij om een grootvader van me te maken, sindsdien heet ik 'opa Manne'! Hij vindt het prachtig en ook dat zijn zoon zo op hem lijkt.

Op hem lijkt?

De stem van de vader galmt uit een twee keer zo brede borstkas en vergeleken met zijn brede neus lijkt die van zijn zoon wel met een pennetje getekend.

Ik ben van de nieuwe stempel, zegt de uk en grijnst.

Sylvia is al weer terug, laat een net vol bierflesjes op het tapijt zakken, haalt een glas voor me, gaat op zoek naar de flesopener. De mannen halen er allebei meteen een uit hun zak maar zij zoekt verder, trekt een kastdeur open, daarbinnen wordt het licht, dat is de bar en daar ligt de goede, handgepolijst, een man en profil: een hoofd, geen arm, een been en een rechtopstaande penis om doppen mee te wippen. Die krijgt 'm wel klaar, zegt de uk en ze lachen allemaal. We zitten in draaifauteuils tussen een wandmeubel en een bank vol kussens en teddyberen, tegenover ons de muur met de twee ramen naar de binnenplaats. Geen stukje van de hemel te zien, alleen de achterkant van het voorhuis en een stuk van de binnenplaats. Daar ligt een dik pak sneeuw vol voetsporen. Aan de overkant gaat nu een raam open, iemand veegt de sneeuw van zijn vensterbank.

Laten ze liever eens beneden vegen, zegt Sylvia, Peter pakt een nieuwe tape uit de plastic cassettemolen in het wandmeubel.

Televisie, recorder, pick-up en de evergreens uit de popmuziek zijn evenwichtig over het wandmeubel verdeeld. In de nissen tussen de met kunststof beklede deurtjes en het vak voor de kristallen karaf uit de Intershop[18] zitten de stereospeakers weggestopt, daarvandaan dringen groeten uit een voorbije tijd: All you need is love. In een vak schuin eronder staan schouder aan schouder vier kerstmannen van zilverpapier.

Deze woning heeft opa Manne in zijn vrije uurtjes opgeknapt toen hun kind op komst was, anders hadden die twee nou nog zonder onderdak gezeten! De vloer opengebroken, geïsoleerd, een vochtig zooitje hier, maar 't is evengoed leuk geworden, terwijl bij de ouwe mevrouw R. d'r bejaardenwoning hebben ze helemaal voor niks zitten renoveren, twee maanden d'rna ging ze van d'r stokkie, tjak, dood. Wie daar komt te wonen die ken in zijn handjes wrijven. Opa Manne had in de weekends ook liever in de zon gelegen, zijn rechter ellebooggewricht laat het afweten, aangepast kantoorbaantje, dat heb je ervan, nou ja, de een krijgt het vroeger, de ander later, sommigen nooit, hij kan in elk geval geen troffel meer beetpakken, maar nou is zijn vriend Alfred, die hier in huis de elektra bijhield, vier weken geleden met pensioen gegaan, midden in de week uitgescheden met werken en op reis gegaan, zo leg dat! En wie neemt het van hem over?!

Ja, zijn kinderen die helpen ook! De uk hier die heeft geschilderd, van de zomer de binnenplaats schoongespoten, de bomen gesnoeid, maar het zijn wel altijd dezelfden!

Of ik het gemerkt heb, de banken zijn weg. Hij heeft ze in de kelder gezet en nou maar wachten tot ze vragen: Waar zijn onze banken nou?

Ze moeten alle drie hard lachen, onze glazen zijn leeg, de man met de stijve moet er weer aan te pas komen, we drinken donker bokbier. Onze banken, buldert opa Manne, die heb ik twintig jaar geleden voor een pond bij de plantsoenen- dienst gekocht en tot de dag van vandaag heb ik zitten wachten tot iemand ze eens verft! Maar niks hoor. Zo zit dat met onze banken.

Staat op, hijst zich in wat ze vroeger een jopper noemden, wil maken dat hij voor twaalven weer op kantoor is, ook aan de langste koffiepauze komt een keer een eind.

Gaat en laat een leegte in de kamer achter, maar langzaam raakt hij gevuld. In die tijd hebben we het over familie.

Peter is de jongste zoon van de familie M., zijn ouders hebben hem in de kinderwagen dit huis in gereden, hij is geboren in Friedrichshain, opgegroeid daarboven op de vier- de verdieping en hier op de binnenplaats onder de boom. Ik vraag of hij over zijn kinderjaren wil vertellen, hij denkt na, ze speelden met een bal en op een keer zat zijn arm in het gips. De ouwe mevrouw T. van boven gooide snoepjes uit het raam voor de kinderen, op het hek van de kerk hebben ze een voetbal lek geknald.

Verder nog? Schouderophalen, verder niks, 't was allemaal

net als nou, wat moet je daar nou over vertellen.

Ja toch, één verschil, en gewichtig steekt hij zijn wijsvinger op: meer kinderen! Veel meer kinderen. Een heel voetbalelftal waren ze vroeger nog. Pas nou met zijn zoontje begint het weer te komen.

Sylvia luistert en rookt, voorovergeleund zoals anders uit het raam, blond, struis en tevreden. Beweert dat ze hier graag is komen wonen, niet werd afgeschrikt door de binnenplaats, ook niet door hun parterrewoning al zag het er in haar kinderjaren wel anders uit, in Friedrichshagen, een dorpje even buiten Berlijn, maar het is niet ver daarheen en waar kan ze nou meer verdienen dan in het centrum van Berlijn?

Sylvia werkt bij een slagerij, de zaak kon haar na haar bevalling geen crècheplaats aanbieden, ze bleef thuis en pakte zonder probleem de uitkering voor alleenstaande moeders aan waar ze recht op had, is om die reden ook niet getrouwd. Je zou toch gek zijn, zegt ze, je hebt alleen maar nadelen als getrouwde. Ze zegt het met de zelfverzekerdheid van een getrouwde vrouw. Sinds september heeft ze een crècheplaats.

Pappie ziek, pappie slapie doen, mammie bij pappie blijven, Stefan gaat werreken – zo gaat ie elke dag werken, zegt Sylvia en ze lachen. Peter loopt in de ziektewet, Sylvia heeft vakantie.

De crèche staat in de Lehderstraße, dat is een eind weg, als Sylvia vroege dienst heeft moet ze om half vijf op, is dan precies om zes uur bij de crèche en om half zeven op de zaak. Toch is ze blij dat ze weer kan werken, zegt ze, twee jaar thuis was zat, 't werd te saai.

Maar zonder kind kan ze zich het leven ook niet meer indenken, in tegenstelling tot sommige anderen die in hun zesde maand naar het badplaatsje Kühlungsborn aan de Ostzee gaan ook al heeft de dokter het uitdrukkelijk verboden.

Dan krijgen ze een miskraam en het kind is dood! Zoiets is toch moord. Is dat geen moord? Als je 't goed bekijkt?

Ze stopt de recentste foto's in mijn hand, Stefan op de kerstmarkt.

Stefan zit bij de kerstman op schoot, op een bord erboven staat in sierlijke letters: KERSTMIS 1980.

Zo'n foto heb ik ook in mijn familiealbum. Dezelfde vertoning, dezelfde vermomming, dezelfde letters maar dan: KERSTMIS 1941. Gotische letters zijn schijnbaar ook weer in.

Op Sylvia's foto staat het joch met dreigend geheven vuist. – Heppie een snoepie, kerstman, 'k wil een snoepie, kerstman – hier is Stefan boos omdat die kerel geen snoepjes had!

De man van staal maakt het achtste flesje voor ons open, die krijgt 'm wel klaar, zegt Peter en dan zegt hij: Het sneeuwt.

In de kamer wordt het donkerder, Peter komt overeind, loopt naar de smeedijzeren thermometer die boven de bank hangt en leest af: negentien graden.

Er is nou in de garage ook geen zak te doen, vreemd genoeg laten de mensen 's winters hun auto wel voor de deur staan maar komen ze niet op het idee om hem naar de garage te brengen.

Peter werkt nog steeds bij de garage waar hij het vak heeft geleerd en is vol lof over zijn brigade, alleen, als ze de titel 'brigade van de socialistische arbeid' verdedigen halen ze nooit de eerste plaats, zegt hij, omdat er bij de concurrerende brigade eentje zit die van het brigadedagboek een soortement schetsboek maakt en daar vang je punten mee, flauwekul allemaal. Sylvia lacht. Bij haar in de brigade zit er eentje die noemen ze altijd de galbak maar die kan wel de prachtigste krullen trekken en ze zitten elke keer gebeiteld.

Ze hebben sinds Kerstmis een eigen auto, een Trabant, bouwjaar '75: voor vijfduizend mark gekocht![19] Zo'n koopje staat nooit in de krant, nooit. Er moet nog wel wat aan gesleuteld. Moet Peter soms in de garage uit zijn neus vreten als hij hier een klus heeft, terwijl hij nog verkouden is ook?

Ojé, nou staat het laatste flesje op tafel en de sigaretten zijn ook op en het sneeuwt maar door. Zometeen sneeuwt de hele stad nog dicht en er hoeft maar twee millimeter sneeuw op de tramrails te liggen of het verkeer loopt vast, ojé, dan ga ik nou maar eens, Stefan halen, zegt Sylvia, tegen dat ik er ben zijn ze net uitgeslapen, en Peter knikt, want hij kan nou echt niet met de auto hoor, met al die pils in zijn pens, daarin is hij heel rechtlijnig. Sylvia trekt haar lichtblauwe anorak weer aan, samen gaan we naar buiten, door de donkere gang, over de besneeuwde binnenplaats, trekken de houten poortdeur in het voorhuis open, de doorgang is klam, daar hoor je de kalk niet zo neerritselen, op straat nemen we afscheid, gaan elk een andere kant op, ik blijf na drie stappen staan en draai me om. In de verte draait de lichtblauwe anorak zich ook om en Sylvia blijft een hele poos naar me staan zwaaien. Ze is tweeëntwintig.

Het huis (3)

De kelders van het huis staan met elkaar in verbinding en worden op slot gehouden. Ze zijn van gele baksteen, ongepleisterd, onderaan de trappen van telkens dertien treden verdwijnen naar links en rechts keldergangen. De lattenwand voor de berghokken reikt van de betonnen vloer tot het plafond, in de berghokken liggen houtjes, kolen, weckpotten en seizoensgebonden gebruiksvoorwerpen opgeslagen. Weckpotten tref je aan in de kelders van mensen die een tuin hebben of familie met een tuin, en daarvan zijn het dan weer alleen de oudere echtparen die nog fruitbomen onderhouden en groente en fruit inmaken, van jaar tot jaar worden er minder weckpotten naar de kelder gebracht.

De opslag van houtjes loopt al jaren terug, zelfs de ouden van dagen zijn inmiddels gewend om hun kachel met briketten aan te steken, en ook de kolen verdwijnen uit de kelders, vier huurders stoken inmiddels op gas. Nieuw is dat er meubels, scooters, badgeisers, kinderwagens en andere dingen die vroeger als kostbaar golden in de kelders en zelfs in de keldergang staan opgeborgen – dat zaakje eens uitmesten staat al tijden op het programma van het bestuur van de huisgemeenschap.

Hoewel kelderwoningen in Berlijn vroeger doodgewoon waren (in 1861 leefden er 48 326 mensen in kelderwoningen, oftewel tien procent van de Berlijnse bevolking), heeft er in deze kelder nooit iemand gewoond.

De verdeling van de kelderruimte is altijd een bron van

ergernis geweest omdat nooit op papier is vastgelegd welke kelder bij welke woning hoorde, terwijl ze lang niet allemaal even groot zijn en sommige vrij vochtig. Toen in 1938 alle kelders onder de huizen als schuilkelder moesten worden ingericht, zijn ook hier de schotten tussen een aantal kelders weggehaald en moesten de eigenaars ervan zich tegen hun zin aaneensluiten met de andere huurders, hun ergernis daarover hielden ze met het oog op de omstandigheden echter voor zich. Vanaf 1940 kregen de bewoners ook nog reden te over om de nieuwe ruimte te benutten want Berlijn werd de zwaarst gebombardeerde stad van Duitsland, een vijfde van de bebouwing ging tegen de vlakte, in de wijk Prenzlauer Berg werd zelfs de helft van de huizen beschadigd of verwoest, dit huis bleef gespaard – afgezien van het dak van het dwarsgebouw (brandbom, november 1944). De ergste luchtaan-val maakten de bewoners op 3 februari 1945 mee toen het hele centrum van Berlijn in vlammen stond, hun langste periode in de kelder was tussen 30 april en 9 mei 1945 toen ze op het eind van de slag om Berlijn wachtten. Tegen die tijd was er niets meer te bekennen van een gas-, stroom- of watervoorziening, de bewo-ners haalden water bij een pomp die (oorspronkelijk voor het drenken van paarden) aan de overkant van de straat staat.

Tegenwoordig is de voormalige schuilkelder weer in twee berghokken opgedeeld, gebleven zijn de op deze plek dichtgemet-selde kelderraampjes, de luchtkanalen en de metalen deurpost van de stalen deur waarmee de ruimte werd afgesloten. Na een aantal incidenten met 'nozems' (meer dan eens is er hier eentje opgesloten door de anderen) is die deur in 1958 verwijderd en op de schroothoop gegooid. Om een eind te maken aan de oncontro-leerbare praktijken van jongeren in de kelder is in datzelfde jaar ook de in 1938 doorgebroken gang naar het buurhuis weer dicht-gemetseld.

Het bordje 'Naar de schuilkelder' (het hing pal naast de

*doorgang, een rode pijl op een gele ondergrond) wordt nog steeds
door een huurder in zijn eigen berghok bewaard. Hij hoopt het
ooit voor een aardig prijsje te kunnen verkopen.*

Eén hoog

Anna en Richard S.

Her echtpaar S. is hier in 1971 komen wonen, heeft er drie
grote kamers met keuken en overloop voor opgegeven, het
was woningruil. Mevrouw S., die mij na enige aarzeling heeft
binnengelaten, wil er niet aan worden herinnerd, dat heeft hij
daar allemaal geregeld, haar man. Haar man zit aan de smalle
kant van de tafel in de lucht te staren. Hij ziet u niet, zegt
mevrouw S., hij ziet u alleen als een schaduw, vreselijk. Ze
staat met haar armen over elkaar geslagen ontevreden haar
hoofd te schudden. Sinds dat haar man zulke slechte ogen
heeft, al een half jaar zit ze hier maar binnen, kan hem niet
alleen laten, 't is geen leven meer. De mensen hebben haar
altijd zestig gegeven maar vanochtend zegt de vrouw in de
ijzerwarenwinkel tegen haar, ze zegt wat ziet u er slecht uit.

De man lijkt haar geklaag niet te horen, blijft onbeweeglijk
zitten, de vrouw kijkt sjagrijnig zijn kant op.

Deze woning heeft hij in het geniep uitgezocht, zegt mevrouw S., haar op een dag een adres gegeven en toen ze hier
dan de eerste keer stond kreeg ze van vreemden te horen dat
dit haar huis werd want de ruil was al beklonken.

Een grote doorlopende kamer hadden ze, erachter een
kleine, een overloop van twee vierkante meter! Haar man wou

een betere verkeersverbinding naar zijn werk, terwijl hij hele-maal niet meer hoefde te werken, zegt mevrouw S., hij was al met pensioen.

Mevrouw S. heeft indertijd gejankt, gescholden, meubels verkocht en toen – toen beviel het haar man zelf niet!

Een korte blik op hem – hij laat niet merken of hij iets heeft verstaan. Mevrouw S. zit op de bank met achter haar drie bonte kussentjes: papavers, zonnebloemen en een gebor-duurd landschap met paarse seringen.

Anna S. komt uit Berlijn-Moabit, in de Lüneburger Straße hadden haar ouders vanaf 1914 een kolenhandel in de kelder, verdienden goed. Op haar achttiende stuurden ze hun doch-ter naar Rheinsberg, als kamermeisje in betrekking bij hotel Kronprinz. Dat was geen hotel van stand, een familiebedrijf, maar de eigenares Elli Neumann zei tenminste gewoon 'jij' tegen Anna en veel werk was het niet, weer wel vaak koffie met gebakjes uit de banketbakkerij beneden.

Elli Neumann verkaste naar Zuid-Duitsland en Anna ging naar hotel Brandenburger Hof, daar zat ene mevrouw Schell-haase, die had een vrijer waar haar man niet van mocht weten, als die kwam moest Anna achter het buffet.

Het Brandenburger Hof had een café met een zaaltje en in dat zaaltje werd gedanst, onder het dansen leerde Anna de schoenmaker Ferdinand kennen, met hem had ze verkering, tot op een dag zijn moeder de gelagkamer in kwam en waar iedereen bij was zei: Zo, meiske, klopt 't dat je een kind krijgt? Dat kon je zo zien, Anna d'r rok was van voren al te kort, maar haar schoonmoeder was ook niet boos, die zei alleen dat ze daar nog een maand moest blijven, dan kwam Ferdinand haar wel met de wagen halen. Geen auto natuurlijk, een paard en wagen stopte voor het Brandenburger Hof, Anna zette haar valiezen erop en trok in het huisje van haar schoonouders.

Het kind werd een zoon, Anna noemde hem Ferdinand. Uit liefde.

In Rheinsberg stond ook een aardewerkfabriek, daar leerde Anna het vak van garneerster – dus tuiten en oren aan de potten plakken, naden gladmaken. Haar man leerde daar ook nog eens een keer: decoreren. Ze werkten samen, Anna maakte de grote bruine theepotten af en Ferdinand zette er bonte spikkeltjes op, net kralen.

In die tijd heeft ze het kussen met seringen geborduurd. In 1939, zegt ze, toen 't allemaal nog mooi was. Ze pakt het kussen en legt het voor zich op tafel zodat ik het huis, het meer, de boom en de lucht in blauw en oranje goed kan zien.

In 1939 was haar zoon negentien, het gezinnetje verhuisde naar Berlijn omdat de jongen een opleiding voor automonteur had en vooruit moest komen in de wereld – Anna's zwager bezorgde hem een baantje bij Opel in Tempelhof en hun een woning in Gesundbrunnen: bel-etage, boven een stomerij, altijd lekker warme voeten. Haar zwager was maar een gewone stenensjouwer.

Míjn vader was ook stenensjouwer, klinkt het uit de mond van meneer S., ik was hem al vergeten.

Stenensjouwer? zegt de vrouw, nooit geweten.

Onbewogen en zonder acht te slaan op de ironische toon van zijn vrouw praat meneer S. mijn kant op.

Ik was Richard de Tweede, mijn moeder wasvrouw, mijn vader stenensjouwer, mijn broer stenensjouwer, met veertien kinderen waren we, ik heb voor loodgieter geleerd in Reppen bij Frankfurt aan de Oder, de baas kocht een auto, wij leerlingen lagen er dag en nacht onder, ik ben vrachtwagenchauffeur geworden, in allebei de oorlogen chauffeur, heb altijd alleen op Rusland gereden, toen de revolutie begon zijn we in de trein gaan zitten en naar huis gegaan, regelrecht uit Frankrijk naar huis!

Ziet u nou wel, zegt mevrouw S., hij haalt alles door mekaar, en kijkt me aan – waar waren we ook weer gebleven?

Bij de stomerij in Gesundbrunnen. Haar zwager was stenensjouwer, haar man weer schoenmaker, haar zoon automonteur bij Opel.

Haar zoon bracht een vrouw mee. Kom ik van de bakker, kijkt er een blondine met een hoed uit mijn keukenraam!

Terese, een Hongaarse. Maar haar zoon had pas een jaar later door dat die aan één man niet genoeg had.

Toen Terese een kind van hem kreeg en desondanks niet wilde blijven heeft Anna het kind geadopteerd, daarvoor moest ze een bruiloft arrangeren en naar het gemeentehuis in Pankow, daarna kon ze met de kinderwagen in het ziekenhuis de kleine Brigitte gaan halen. In de gang kwam ze Terese nog een keer tegen. Anna was ook nog jong, zag eruit als dertig. Je hoeft niet zo naar me te kijken, zei ze, ik kom je kind halen! – Dat mag je houden, zei de ander, ik had het toch maar in het weeshuis gestopt. En toen gaf elk de ander een klap voor haar kop. Anna begon, vindt nu nog dat ze gelijk had.

Zo is Anna aan haar kleindochter gekomen, de enige persoon die ze nog heeft op deze wereld. In 1942 moest haar zoon in dienst, in 1943 haar man, in 1943 sneuvelde haar zoon aan het Oostfront, in 1945 haar man. De dood van haar man raakte Anna al niet meer, die van haar zoon was het ergste verdriet van haar leven.

Hij is aan de Dnjepr gestorven, zegt ze en zit opeens te huilen, vijftig kilometer ten zuidoosten van Krementsjoeg.

Toen haar zoon was gesneuveld is Anna verhuisd, naar de Rykestraße, wilde niet meer herinnerd worden aan het verleden. In de Rykestraße heeft ze de luchtaanvallen meegemaakt met Brigitte in de kelder, dat was toch zo'n lieve schat, die kleine, en de mensen zeiden: Wel je kindje meebrengen hoor, want als die erbij is gebeurt ons niks, dat is onze engel. Er is ons ook niks gebeurd, zegt Anna, 't is een engel, Brigitte, altijd een engel gebleven. Aan de muur hangen ingelijste foto's van Brigitte op diverse leeftijden.

Anna kijkt naar de foto's en beschrijft hoe mooi Brigitte is met haar zwarte krullen, haar lieve gezicht, haar twee bijdehante dochters, haar goede huwelijk, haar fatsoenlijke man, haar chique huis. De Brigitte op de foto's glimlacht alleen de hele tijd en aan het andere eind van de tafel zegt meneer S.: 't Is voorbeeldig. Voorbeeldig.

Daarover zijn de twee het eens, zoiets als Brigittes huwelijk zie je niet vaak. Brigitte is secretaresse, haar man ploegbaas bij een groot Berlijns bedrijf, Brigitte zegt nog steeds 'mammie' tegen Anna, komt eens in de week langs, het is dus toch de moeite waard geweest die moeilijke tijd na de oorlog toen Anna er als wasvrouw op uit moest en schoonmaken bij de mensen.

Anna houdt vol dat ze het altijd goed heeft gehad, ze had altijd geld en niks tegen werken, alleen strijken vindt ze geen lol aan, ze vouwt de was op, legt hem onder de kussens van de bank en gaat er dan op zitten – sommigen hebben het al van haar afgekeken. Mevrouw S. beschrijft me haar uitvinding uitvoerig en lacht erom, wuift het dan weg en trekt weer een sjagrijnig gezicht – er is geen lol meer aan allemaal.

Haar man, die in haar levensbeschrijving nog niet is voorgekomen, knikt traag. Een mens moet er op tijd uitstappen, dat is er niet van gekomen!

De man is drieëntachtig, hij is groot en sterk, met behulp van zijn vrouw zou hij in de zon kunnen gaan wandelen. Maar hij wil niet en zij wil niet. Hij gaat maar op het balkon zitten, zegt de vrouw. De man knikt, zwijgt.

Jaren geleden, in de Rykestraße, viel hem een keer een

buurvrouw op, alleenstaand met een dochtertje, een fatsoenlijke bescheiden vrouw. Hij hield haar een jaar lang in de
gaten, hoe ze leefde en of ze geen vrijer had, uiteindelijk heeft
hij haar een aanzoek gedaan. Zo is Anna bij hem gekomen.

Hij zei dat hij me niet als minnares wou en niet als vriendin
maar als echtgenote. Anna lette altijd scherp op haar reputatie, dat niemand iets op haar aan kon merken, en het woord
'echtgenote' vond ze wel goed klinken. Maar weet u wat het
voorstelde, zegt ze zachtjes en dan geluidloos het eerste woord
dat haar man níet mag horen: NIKS.

Heeft haar man toch iets gehoord? Hij zegt: Op die leeftijd
is het meer voor de verzorging. Liefde? Liefdevolle verzorging.
Als hij wat moois ziet neemt hij het voor haar mee, denkt, dat
zal ze leuk vinden, zo zullen de meesten het wel aanpakken.

Anna had geaarzeld of ze weer zou trouwen maar haar man
hing toentertijd elke dag een glimmend opgewreven appel
aan haar voordeur, die bungelde dan aan een draadje boven-
aan de deurpost en Brigitte vónd haar man toch aardig.

Zo is het gekomen, door die appel!

Die was niet voor jou, die was voor het kind!

Stil jij, je haalt alles door elkaar! Daarop staat de man op
en sloft naar het balkon. De vrouw kijkt hem hoofdschuddend na, dat hij zo afgetakeld is, en durft nu achter zijn rug
wel over hem te beginnen. Hij was nooit ziek, heeft tot 1976
bij Minol gewerkt, dertig jaar, maar sindsdien er is nooit meer
iemand langsgekomen – de Moor heeft zijn plicht gedaan[20].
En hij is écht alleen maar met haar getrouwd voor de verzorging, terwijl zij nou juist graag weer een man had gehad, maar
het is een beste kerel en nou zei de dokter vandaag tegen haar
dat ze blindengeld voor hem moet gaan aanvragen, het is zo
laat.

Voordat ik vertrek laat Anna me nog haar keuken zien, ze

heeft hem oranje geverfd, voor het raam hangen lange gordijnen tot op de grond. De gordijnen zijn pas gewassen omdat Erna komt, haar vriendin uit Rheinsberg, die kan alles bevestigen wat Anna me heeft verteld.

Erna kwam niet. In plaats daarvan arriveerde er een telegram, wit van woede liet Anna het me zien: Kan niet komen, ben ziek.

Die kan beter schrijven: Ben dik. Waardeloos, zeg. En dat is nou de enige die me begrijpt.

Eén hoog

Bert T.

Ik ben drie keer bij Bert T. geweest, twee keer met een tussenpoos van drie weken, de laatste maal een jaar later.

De eerste keer zat de deur op slot maar hingen er met een touwtje een potlood en een rolletje papier aan een spijker.

Op het papier las ik: Hé vonkentrekker, ben je dan nooit meer thuis?

Ik schreef erboven: Wil met je praten. En daarbij mijn naam en telefoonnummer.

Hij belde me zowaar niet lang daarna op en we maakten een afspraak. Toen ik kwam werd er niet opengedaan en ik ging op de bank op de binnenplaats zitten wachten. Het werd donker, af en toe passeerde er een huisbewoner, inmiddels kende ik ze bijna allemaal, het was een vrijdagavond en iedereen had zich voor iets speciaals opgedoft leek het wel.

Bert arriveerde, had als excuus dat ze corvee hadden moeten doen (twee schoollokalen schoonmaken met de andere leerlingen van zijn klas, weer 235 mark voor de solidariteitsrekening[21]) en waarschuwde bij herhaling voor de slechte indruk die ik zo meteen zou krijgen, niet opgeruimd, niet opgeruimd. In zijn kamer stond geen tafel, wel een oud bureau, een stoel, een bed en een boekenkast. Wc en keuken glommen van de nieuwe verf en het nieuwe linoleum, in de keuken een flink stapeltje vuile borden, daarmee was de rommel bekeken, beetje weinig voor al die verontschuldigingen.

Bert zette thee, liet mij aan het bureau plaatsnemen, plantte een kruk midden in de kamer, wat wil je weten?

Het was zijn eerste eigen huis, gerenoveerd door de vorige huurders, een jong echtpaar, nou al in de nieuwbouw, sinds mei, zei Bert en lachte erbij, vond het nog niet vanzelfsprekend om hier te wonen, vond het fijn.

Wat wil dat zeggen – fijn?

Vrijheid.

En wat wil vrijheid zeggen?

Daarop wilde hij het woord meteen weer terugnemen. Veel te hoog gegrepen, zeg maar: relatieve vrijheid.

Relatieve vrijheid wou die avond zeggen dat de kachel niet meer werd aangestoken hoewel het koud was. We zaten in onze jassen tegenover elkaar, Bert vertelde over een huis waar het nu warm was, daar kwam hij vandaan, daar woonde zijn moeder maar daar wilde hij niet meer zitten. Ze is te jong voor mij, pas veertig en ziet er nog een stuk jonger uit, en dan alle problemen die ze met mij heeft, het is haar teveel.

Zijn ouders zijn gescheiden, ze kennen elkaar van een boottochtje, de naam Bert hebben ze ook op een boot gelezen, maar als in die tijd de legale abortus al had bestaan was Bert er nooit gekomen.

Dat heeft zijn moeder hem allemaal verteld en dat vond hij nou weer gaaf van haar omdat het eerlijk was.

Hij is zelf zo iemand geworden die erg op zijn vrijheid is gesteld, op dat punt snapt hij zijn moeder heel goed, alleen haar eeuwige gevit niet, daarom is hij het huis uitgegaan.

Bert probeerde zijn moeder te beschrijven. Afgaand op wat hij meer aangaf dan zei – hij vond het zichtbaar vervelend –

moet het een knappe, energieke vrouw zijn die in haar vak aan de weg timmert. Is dat een moeder?

Dat is toch zoals een vrouw hoort te zijn?

In elk geval had ze hem niet altijd moeten uitkafferen. Vanaf de dag dat zijn vader het huis uitging. Ik weet nog dat ik huilend de trap op kwam met de vuilnisbak omdat mijn moeder me had uitgekafferd.

Bij mijn eerste bezoek zat Bert nog in het kader van het leerlingstelsel op een wetenschappelijk instituut, bereidde er de proeven voor, werkte daarbij samen met een handjevol wetenschappers en assistenten, de sfeer van een laboratorium, het beviel hem wel. Hij schetste zijn toekomst in één zin: eindexamen avondschool, naar de TH en dan promoveren. Wie stil blijft staan bij ingenieur haalt niet het volle pond uit zijn opleiding.

Daarbij keken we elkaar met een grijns aan. Of het zou lukken? Hij haalde zijn schouders op maar zei: Dat lukt wel. Aangezien ik voor vrijheid ben.

Wat moest hij anders? Stel je voor, eerst vonden ze dat ik maar onderhoudsmonteur moest worden voor computergestuurde apparaten, aan een banderolautomaat, zo'n ding waar tot in alle eeuwigheid een ponsband uit komt schuiven! Nee, hij is nou heel tevreden.

Op zijn bureau lagen schakelschema's, ter voorbereiding op zijn eindexamen, geen eenvoudige materie. Bert bladerde in de papieren en zei toen: Van het instituut had ik meer verwacht.

Ze hebben het alleen maar over auto's, boten en buitenhuisjes, in de kantines hangt een gehaktballensfeer en ik wou nou juist interessante mensen leren kennen. Dat zijn ze niet en ze kennen er geen. Terwijl ze er best zouden kunnen kennen.

134

Daardoor is zijn leven saaier dan hij het zich had voorgesteld, alleen met rijles heeft hij een keer iemand leren kennen die interessant was. En nou ken ik jou, zei hij.

Ik bedacht opeens dat ik Bert eigenlijk al langer kende. Elke keer als ik over de binnenplaats van dit huis liep was me het raam opgevallen waar een rood hart van stof voor hing, opgestopt als een speldenkussen. In het najaar was er op een avond een kinderpartijtje op de binnenplaats met een echte poppenkast, ze speelden het sprookje van Hans en Grietje. Achter de ruit met het hart verscheen toen een leuke jongen met een zwarte krullebol. De voorstelling duurde een uur en al die tijd stond hij roerloos met een verbaasd gezicht voor het raam, tot het helemaal donker werd. Dat was Bert.

Bij mijn derde bezoek, een jaar later, zag zijn kamer er gezelliger uit, misschien was het die dag ook gewoon warmer, op het bed onder het raam lagen vrolijke kussens, Bert had het over een vriendin en leek tevreden.

Op zijn bureau stond een eigenhandig in elkaar geprutst stuk techniek. Ik moest raden wat het werd. Ik verwachtte iets speciaals wat nergens te koop was, maar hij glimlachte hautain. – Als je het maar kan, kan je alles maken.

Dat zette mij aan tot de vraag of hij ook spelletjes voor jongeren kon verzinnen, met lichtjes en geluiden misschien, zodat ze iets anders om handen hadden dan rondhangen, drinken en balen. Zo'n spelletje hoefde misschien maar heel simpel te zijn, bouwdozen of zo, voelde hij daarvoor?

Bert trok een vies gezicht. Ik kom nooit in clubhuizen, zei hij. En als ik wat uitvogel voor de anderen die lopen te balen, dat zijn dan wel net degenen die nergens wat van kunnen, die maken het toch alleen maar kapot.

Het geval op tafel moest een bandrecorder worden, goedkoper dan in de winkel.

Voor het raam hing nog steeds het hart van stof. Berts moeder had het genaaid toen hij nog klein was, toen hij hierheen was verhuisd kwam ze ermee aan en hing het weer voor het raam. Bert zei dat hij het intussen nergens meer op vond slaan aangezien hij nou volwassen was, maar dat hij het liet hangen om zijn moeder niet te kwetsen.

Een poosje later haalde Bert van achter de kachel twee loodrecht aan elkaar gelaste stalen stangen te voorschijn met een kettinkje eraan. Dat hield hij met twee vingers vast en zwiepte de stangen heen en weer. Moet een 'T' verbeelden, de eerste letter van mijn achternaam, zei hij, verjaarscadeautje van mijn vriend, die kan aan lasapparatuur komen. Bert vond het geinig.

Eén hoog

Angela S.

Angela zit dwars in een luie stoel waarop een oranje deken ligt. Angela's trui is eveneens oranje, haar lange haar lichtblond en het vel van haar gezicht en armen bruin en opvallend gaaf. Onder het praten zijn haar handen aldoor in beweging, draaien aan haar gouden kettingen, ringen en armbanden. Haar ogen zijn blauw, ze is knap. Op zich niks tegen, zegt Angela, ik vond er op zich niks tegen, deze woning.

Rechts van ons staat op een kastje de tv, eigenaardige ruimteschepen zweven daar over de buis begeleid door angstaanjagende muziek die ons hindert onder het praten, maar omdat haar zoontje van vier ernaar kijkt terwijl hij over de vloer rondroetsjt laat Angela het toestel aanstaan, tenslotte komt zo meteen Klaas Vaak.

Toen Angela zelf zo klein was woonde ze in Thüringen, haar bed stond in een zonnige kinderkamer, naast het huis hadden ze een erf met een enorme mesthoop en alle mogelijke huisdieren, achter het huis een tuin, achter de tuin het bos – wat heeft dat joch hier nou voor leven, zegt Angela.

Angela zou wel naar Thüringen terug kunnen, haar familie zit erop te wachten maar ze gaat niet. Ze woont nu vijf jaar in Berlijn, ze zit nu drie jaar met haar kind alleen, ze heeft geleerd haar donkere woning aan de binnenplaats 'acceptabel' te vinden en zich in Thüringen te vervelen. Daarvan zegt Angela: Ik snap het ook niet.

Ooit, toen ze nog niets van Berlijn wist, werd Angela modinette en verliefd op een kok. De kok was vijfentwintig en ging net een restaurant overnemen, Angela trouwde met hem en deed de bediening, later liet haar man de keuken aan haar over en zat zelf met zijn vriendin aan de stamtafel, met tranen in haar ogen heeft Angela geserveerd, tot ze ook een vriendje kreeg, een van de gasten, maar hun geheimgehouden liefde werd ontdekt en de kok achtervolgde het paar razend van jaloezie door half Thüringen, tot haar jonge minnaar geen andere schuilplaats meer wist te verzinnen dan een leegstaand kamertje in Berlijn. Het kamertje was twaalf vierkante meter groot met één raam dat uitkeek op een smerige binnenplaats, en dat zou voor Angela allemaal onvoorstelbaar afschuwelijk zijn geweest als ze tijd had gehad om na te denken. Maar ze moest werk zoeken, naar Thüringen op en neer om de scheiding te regelen, haar familie geruststellen, van haar nieuwe vriend houden en bovendien was ze zwanger.

Angela kijkt naar haar handen, in een van haar ringen zit een groene steen. Het was, zegt ze langzaam, het woord 'afschuwelijk' blijft uit, moet Angela in haar oranje stoel nu zeggen 'mooi'? Het was een mooie tijd?

Toen het allemaal makkelijker werd en Angela voor elkaar had gebokst dat ze de woning kreeg waar we nu in zitten, was het gedaan. Haar vriend kwam steeds later van zijn werk thuis, van woede ging Angela 's avonds in haar eentje stappen, 's ochtends om half vijf moest zij op om het kind naar de crèche te brengen, daar kregen ze dan 's avonds ruzie over en dan ging Angela in bed liggen bedenken hoe ze haar huis anders zou inrichten als ze eenmaal alleen was.

Toen ze alleen was heeft ze het echtelijk bed verkocht en een kinderkamer ingericht, heeft ook een wandmeubel op afbetaling gekocht en een dure radio. Het valt wel mee. Je past je aan en legt je er bij neer, na verloop van tijd leer je de buurt waarderen vanwege de winkels, het achterhuis vanwege de rust, de buren vanwege de sleutel. Wat valt er nog meer mee? – Als je kind ziek is kan je uitslapen, in het weekend kan je bij collega's van het werk langsgaan in hun buitenhuisje en als je wilt dansen ga je naar café Nord. Angela zegt: Ik hoef geen man. Dan zegt ze: Ik zou best willen trouwen, zo'n leuk gezinnetje, dat is wel mooi. En lacht erbij.

Daar hebben we het elke dag over, dat kan nog een probleem worden.

'We', dat zijn drie meiden in een Kombinat[22] die achter de deur met het bordje 'boekhoudcontrole' zitten. We zijn alle drie zesentwintig, hebben alle drie een kind, de ene is gelukkig getrouwd, de ander ongelukkig, ik woon alleen. Angela lacht weer. Ze vindt het typisch voor deze tijd.

Ik heb echt van alles geprobeerd maar het leidt tot niks.

Ze komen met hun hele zwik aanzetten, eerst een broek en dan weer een paar overhemden, of je die even kan uitspoelen, en tot slot hun ondergoed. Uren hangen ze voor de buis en zijn dan blij als er nog een man komt, dan gaan ze over auto's zitten lullen. Wat doen jullie eigenlijk bij mij, zeg ik dan, ga maar ergens anders over auto's lullen. Ik heb een keer op een huwelijksadvertentie geschreven, kreeg nog antwoord ook, we zouden elkaar in het Wiener café ontmoeten: 28; 1,85 lang; geïnteresseerd in alles wat mooi was, een kraanmachinist uit Marzahn. De meiden waren al net zo opgewonden als ik toen hij opbelde – een stem dat ie had, ik dacht: jezus, als dat niet klikt, en iedereen me al feliciteren. 's Avonds: víel ik toch meteen op hem! Baard, lang, hoffelijk, maar toen – de hele avond heeft ie over zijn werk zitten zeiken, nog niet eens over zichzelf, alleen over wat je zoal meemaakt in de bouw, hij liet me niet aan het woord komen, wou ook helemaal niks over me weten, ik kon nog net tussen de bedrijven door vragen: Sinds wanneer ben je gescheiden? We spraken af dat we de volgende dag, zondag, naar de dierentuin zouden gaan, maar ik wist dat ik niet zou komen. Zondagochtend wordt er bij me aangeklopt, staat hij daar, ik had hem mijn adres niet gegeven, en hij schreeuwen: Ben jij wel goed bij je hersens? – Van die dingen kan je meemaken, van die dingen.

Het tv-journaal begint, Angela's zoontje zit aan tafel in een boterham te kneden, ze pakt hem de klont af, foetert niet, neemt hem op haar arm mee naar de keuken om hem te wassen, daarna komt hij in zijn pyjama nog even de kamer in om me een handje te geven en zegt 'welterusten'. Een schriel blond jochie, luistert naar een Spaanse naam, gaat elke dag naar de kleuterschool, wil vaak opgetild worden, doet de laatste tijd nogal eens of hij ziek is of hoe noem je dat: koorts zonder verkoudheidssymptomen maar als zijn moeder hem dan komt halen is het over. Angela komt uit de kinderkamer terug, zet eindelijk de tv af, steekt een sigaret op en zwijgt.

Ze verwacht een vraag maar aangezien ik niets vraag praat ze door.

Als ik thuis ben hindert niet alleen het dorpse me. Mijn vader laat zich van 's ochtends vroeg tot 's avonds laat bedienen en dat kan ik niet uitstaan. Een jaar of tien geleden had hij een maîtresse, woonde zelfs al niet meer thuis, maar mijn moeder heeft om hem geknokt. Ik zal nooit vergeten hoe ze voor hem op haar knieën viel en huilde – ze hebben nou een goed huwelijk. Daar word je toch gestoord van als je erover nadenkt. Ik ben niet in staat om te knokken om een man. Misschien wel om geeneen mens.

Net vandaag heeft Angela het uitgemaakt met de man met wie ze hier een half jaar heeft samengewoond. Ik ben hem weleens tegengekomen als ze nog niet thuis was, hij voerde dan altijd het kind en zorgde voor het avondeten. Angela zegt dat ze dan 't liefst meteen weer was vertrokken, als ze thuiskwam en het eten stond op tafel, en dat ze steeds onheuser en kibbeliger ging doen. Hij heeft de keuken opgeknapt, alle deuren en ramen geschilderd, terwijl zij met haar kind op vakantie ging om een keer alleen te zijn. Gisteren is ze teruggekomen, zag al vanaf de binnenplaats dat er een stoel met vuile glazen op haar balkon stond – had haar vriend een feestje gebouwd. Dus is Angela gisteravond met collega's gaan stappen en pas in de kleine uurtjes thuisgekomen, vanmiddag heeft ze definitief voor het laatst met hem gepraat. Voor de eerlijkheid heeft ze erbij gezegd dat ze niet van hem houdt.

Met die man was wel te leven geweest, zegt Angela. Ik denk weleens dat je van het alleenzijn volkomen verpest raakt, je wil zo graag iemand die van je houdt en die je verwent en als hij er dan eenmaal is wordt het na een poosje zo'n last, dan moet je wel heel veel van hem houden, maar daar geloof ik niet in. Dan gaapt ze en rekt zich uit in haar stoel, haar eigen, van haar zelfverdiende geld bij elkaar gespaarde luie stoel. Maar ja, ze weet best, zegt ze, op een keer dan ga je 's zondags wandelen, daar lopen ze dan allemaal met hun kinderen en dan denk je weer – zo'n leuk gezinnetje, dat zou wel fijn zijn.

Angela verdient elke maand precies even veel als ze uitgeeft. Als ze een bloesje bij Exquisit wil kopen moet ze twee maanden sparen, een buitenhuisje of auto of reizen naar het buitenland zitten er voor haar niet in als ze zo doorgaat. – Iets in die trant zei ze nog toen we afscheid namen bij de voordeur, die toch maar mooi geschilderd was.

Twee hoog

Maria en Bernd F.

De man, lang, slank, snorretje, strakke witte trui, hoort mijn uitleg bedaard aan, knikt beleefd, wijst de weg naar de huiskamer maar loopt zelf eerst de keuken in.

Even zie ik daarbinnen een vertrokken gezicht, dan gaat de deur dicht en klinken er stemmen, nog een man, denk ik.

De huiskamer is in bruintinten gehouden, niets is er toeval, niets slingert rond, alles is oerburgerlijk, splinternieuw, peperduur. Ik ga op de bank zitten recht tegenover de tv, die heeft een plaatsje middenin het wandmeubel gekregen, tv-color.

De man in de witte trui komt binnen, gaat zitten, legt een pakje sigaretten op tafel, presenteert mij er een, steekt op. Nog voordat we iets hebben gezegd betreedt een tweede figuur de kamer – een vrouw.

Ze is klein, blond en zo zwaar opgemaakt dat niet valt te zeggen hoe ze er in werkelijkheid uitziet. Haar nieuwe gezicht is in zijn soort volmaakt, haar hoogblonde haar heeft ze met violette kammen opgestoken, haar wimpers met zwarte mascara langer gemaakt, ze horen bij het profiel.

Omdat de man links van me zit gaat de vrouw in de fauteuil aan mijn rechterkant zitten, kijkt koel langs hem heen, ik leg nog eens uit waarvoor ik kom.

De man wil graag iets zeggen, dat zie je, maar ook meteen dat hij dat niet wil laten merken en de vrouw de kans geeft om als eerste te praten. Ze wijst met haar hand naar hem, hij mag gerust vertellen wanneer ze hier zijn komen wonen.

In december 1978, zegt de man, ze waren er wat blij mee. Daarvoor woonden ze in één kamer aan de Prenzlauer Allee, hier kregen ze twee kamers met hun eigen wc, dat was een vooruitgang. De man is langzaam en zachtjes begonnen, wordt pas levendiger als we het over Prenzlauer Berg krijgen, hij is in Prenzlauer Berg groot geworden, in de Wisbyer Straße, heeft later in de Kopenhagener gewoond, glimlacht terwijl hij de namen uitspreekt, op dat moment zegt de vrouw: Ik ben in Köpenick opgegroeid. Zonder hem zat ik hier nou niet.

In Köpenick, zegt ze, is het groen, zoiets als hier kende ik niet eens. Kijkt demonstratief naar het raam, naar de afbrokkelende achtergevel van het voorhuis.

In het huis waar haar ouders wonen zijn de mensen ook veel aardiger, kenden elkaar allemaal, zoiets is ze in Prenzlauer Berg nog nergens tegengekomen. Terwijl er altijd beweerd wordt dat er in de oude wijken zo'n hechte sociale band bestaat. Ze steekt een sigaret op, zwijgt.

Ik vraag aan haar man of hier echt geen sociale band meer bestaat, hij haalt zijn schouders op, wil zich er niet over uitlaten maar vertelt dan toch ietwat gegeneeerd over vroeger toen hij nog een jongetje was en met zijn moeder boodschappen ging doen. Dat hij zich altijd verveelde omdat het zo lang duurde, want iedereen kende mekaar en maakte een praatje, op de trap en in de winkels ook.

De winkels dat kan er nog mee door, zegt de vrouw, in de kleine winkeltjes is het zelfs wel gezellig.

Ik vraag of ze liever in de nieuwbouw zouden wonen, nee, dat nooit.

Het is voor het eerst in dit huis dat een gesprek moeizaam verloopt, zwijgend wachten ze mijn vragen af, het is niets dan beleefdheid, ik vind er niets aan, ze hadden me beter niet binnen kunnen laten. Ik stel voor om het gesprek te beëindigen maar dan protesteert de vrouw, nee nee, het is toch interessant.

Dat is het nou juist niet, maar misschien heeft ze de reden van mijn bezoek niet geloofd en wil ze er nog achter komen waar ik echt op uit ben.

We blijven zitten zwijgen, ik moet dus verder vragen, vraag wat ze voor de kost doen.

Glazenwasser-schoonmaker, zegt de man, bij een groot bedrijf waarvan hij de naam niet wil zeggen. Laat daarentegen met nadruk weten dat hij niet in zijn vrije tijd werkt omdat hij daar geen zin in heeft. Hij verdient zo ook genoeg. Daarop knikt de vrouw. Zijzelf heeft de vakopleiding voor naaister in de confectie-industrie gevolgd. Tot ze erachter kwam dat dat niks voor haar was. Een kennisje heeft haar toen een baantje in de hotelbranche bezorgd. Informatrice, zegt de vrouw, het is niet vermoeiend.

U zwemt vast in uw tijd, zeg ik, als anderen na hun werk naar de kleuterschool hollen hebt u al vrij.

Tijd? Nee hoor, zegt de vrouw en ook haar man schudt zijn hoofd, hij zou niet weten waarom.

De tijd komt wel om. Heus wel. Ook zonder kinderen. Wat we dan doen?

De vrouw kijkt naar het tapijt en zwijgt.

Moe, zegt de man, meestal ben je moe.

Of ander werk hun beter zou bevallen?

Wie weet. Maar dan moet je eerst weten wat voor. En ze willen er ook niet op achteruitgaan, zegt de man. Je beroepskeus richt zich nou één keer naar het loon. Dat is bij iedereen zo. Als in een bedrijf iedereen hetzelfde zou verdienen, of tenminste iedereen die in dezelfde beroepsgroep zit, bijvoorbeeld alle arbeiders, alle kantoormensen en ga zo maar door, dat zou veel beter zijn, zegt hij. Dan zouden de mensen misschien ook eens van baan veranderen.

En hoe zou het zijn om er iets bij te leren, gewoon uit belangstelling, zonder dat het per se voor een nieuw beroep is?

Waarom zou ik, dat kost maar tijd, da's toch mijn vrije tijd.

En waarom niet leren als vrijetijdsbesteding?

Waarvoor, zegt hij, als je er toch geen cent meer mee verdient?

Wat verdient u? vraagt de vrouw opeens aan mij.

Gemiddeld zo'n zevenhonderd mark per maand, zeg ik. Ze glimlacht beleefd, gelooft me weer niet.

Ik leg uit hoe de situatie voor een free-lancer is, niet elke zelfstandige verdient veel, de twee zwijgen, zien er volwassen uit, een jaar of dertig zou ik ze hebben geschat, terwijl ze pas in 1970 hun jeugdwijding[23] hadden. Willen ze kinderen?

O best wel, zegt de vrouw, maar als ze een plaats in een crèche kreeg zou ze het daarin stoppen. Ze moet gewoon onder de mensen zijn, werk dat hoort voor haar bij het leven. En dat ziet ze ook aan haar collegaatjes – als er eentje thuis moet blijven vanwege de kinderen komt ze om de week jammeren: De muren vliegen op me af!

Weer zwijgen we.

Twee hoog

MIDDEN
Mevrouw Z.

Mevrouw Z. doet de deur op zo'n klein kiertje open dat haar gang en aangrenzende kamers in het donker blijven. In een licht wikkelschort en met een doekje om haar hoofd, van achteren vastgeknoopt, staat ze daar – klein, mager en afwijzend. Ja, ze woont hier al lang maar ze gaat niks vertellen, helemaal niks, vraag maar aan anderen, goedemiddag.

Wat weten de buren over haar? Veel wijzer word ik niet. Ze is altijd alleen, krijgt nooit visite, praat met niemand, in elk geval niet met hen, misschien met oudere bewoners uit het huis waar zij weer niet mee praten. Maria F. kwam een keer 's nachts thuis en had haar sleutel vergeten, belde ze bij mevrouw Z. aan, die was zo aardig om ene Dietrich te halen die hun voordeur openmaakte. Tien minuten later ging de bel bij mevrouw F., kwam mevrouw Z. vragen of Maria zich kon legitimeren, ze maakte zich zorgen dat ze de deur voor de verkeerde had opengemaakt. In die tijd woonde de familie F. al een jaar naast mevrouw Z.

Iets soortgelijks vertelt Sibylle N. Ze vroeg mevrouw Z. of die haar getuige wilde zijn en bevestigen dat een meubelleverancier een dag te laat was gekomen. Mevrouw Z. tekende de brief die mevrouw N. daarover had opgesteld, maar even later hing ze aan de bel en eiste dat haar handtekening onleesbaar werd gemaakt.

Ze had bedacht dat de meubelsjouwers weleens wraak op haar konden nemen.

Twee hoog

Sibylle N.

Een jonge vrouw met springerige zwarte krullen doet open, in haar armen ligt als een rups een baby'tje opgerold. Kwiek gaat de moeder me voor naar de huiskamer, strakke trui, strak aangesnoerde ceintuur, wijde rok – Sibylle N. geniet haar jaar ouderschapsverlof en is blij met elk bezoek.

Ze begint me meteen uit te leggen hoe het met de woninginrichting zit: de lichte kindermeubeltjes zijn van haarzelf, het keukenmeubilair ook. Ze zegt het er maar even voor de goede orde bij want als je eenmaal iets hebt doorgemaakt word je vanzelf voorzichtig, en trouwens: Ik zit hier maar tijdelijk.

Haar eigen woning bestaat uit een kamer in Pankow, maar deze hier heeft ze nou al sinds 1978 in gebruik, toen heeft ze Bernd leren kennen, een monteur, die had de tweekamerwoning na zijn scheiding toegewezen gekregen. Sibylle is ook gescheiden.

Na het bezichtigen van de woning gaan we aan de eettafel zitten, dat schrijft wat makkelijker voor u, zegt Sibylle en vraagt of ik Bernau ken. Daar komt ze vandaan, zegt ze, uit een eengezinshuis met tuin, en draait even haar ogen naar het plafond, niet te vergelijken!

In Bernau werd Sibylle verpleegster, trouwde, kreeg een

kind, scheidde en verhuisde toen naar Berlijn, naar die kamer in Pankow. Deze woning in het achterhuis was wel de limit, zo klein, zo triest en maar één boom.

Inmiddels is er een douche aangelegd en een geiser, zijn de deurposten gewit, de muren fris behangen en is de vloer bedekt met tapijttegels. De deur naar het balkon staat open, daar schijnt de zon op de kinderwagen.

Sibylle ziet dat het me hier bevalt en is daar blij om maar zegt: Dit is nog niet de definitieve oplossing.

Die oplossing weet ze al, een tweekamerwoning aan de straatkant in de Pappelallee, met bad- en zijkamer – ik ben tenslotte alleenstaand met twee kinderen.

Terwijl wij zitten te praten is haar vriend net in haar nieuwe woning bezig, het stucwerk heeft hij al met gouden biesjes versierd, het wordt er een paleisje.

Haar vriend zou ook zo met Sibylle trouwen maar zij wil niet. Hij moet deze woning waar we nou zitten maar houden, ook al is het voor haar op die manier meer werk, maar dat is de mogelijkheid om alleen te zijn wanneer ze dat wil haar wel waard.

Vindt u dat erg? vraagt ze een beetje koket – ik vind het in elk geval fijn!

Je bent dan niet echt gescheiden, zegt ze.

Toen Sibylle ging scheiden was ze vierentwintig en de eerste in haar hele familie die scheidde, haar moeder eindigde elke zin die ze tot Sibylle richtte met de woorden: Je bent immers gescheiden.

Dat kwam me de strot uit, zegt Sibylle, en de onregelmatige werktijden in het ziekenhuis ook. Ze verhuisde naar Berlijn en vond ander werk: garderobejuffrouw op een ministerie.

In de garderobe krijgen ze te maken met journalisten, diplomaten, politici, maar omdat er niet aldoor recepties zijn moeten ze ook schoonmaken. 'Sector feestzaal' heet haar werkterrein.

Inmiddels heeft Sibylle nog een vakdiploma gehaald, dat van glazenwasser-schoonmaker, na haar ouderschapsverlof gaat ze meer verdienen dan haar vriend. Tot haar sector behoren zo'n zeventig vertrekken. Stoelen op de bureaus zetten, prullenbakken legen, stofzuigen, afstoffen, twee keer per jaar de ramen lappen, dat is zo'n beetje haar werk. De secretaresses kent ze intussen allemaal, de eigenaardigheden van haar chef ook en ze hebben op het ministerie geen ploegenstelsel maar wel een eigen toeslagensysteem – kan het mooier?

Ik wil van mijn leven genieten, zegt Sibylle, ik heb geen complexen als werkster.

De bel gaat, dat is haar dochtertje uit school, die hoeft niet naar het overblijflokaal, eten mag ze ook thuis, Sibylle heeft gehaktballen, aardappels en groente gekookt, dekt de tafel voor het meisje in haar rood-witgeruite zomerjurkje.

Zelf wil ze met eten wachten tot haar vriend komt en vertelt intussen verder over haar werk, want het is gewoon gaaf zoals daar op niemand wordt neergekeken. Integendeel: op een keer had ze geholpen met de feestzaal dekken en toen de receptie begon wou ze nog even het buffet in z'n geheel zien met al die prachtige schotels en salades voordat het op de vork ging en toen kwam Willi Stoph en die zei: 'Wa's da nou, meissie, hè jij geen champagne?' en gaf zijn glas aan haar.

Zoiets vergeet je natuurlijk nooit, zegt Sibylle.

Zelf kijkt ze ook op niemand neer, praat graag met de buitenlanders die ze op haar werk tegenkomt, heeft zich een hoop over Vietnam laten vertellen en over Portugal, vooral één Chileen weet ze nog heel goed, die zei: Als de vrouwen bij ons zo ver waren als jij!

Zo is het maar net, zegt Sibylle, we zijn zo veranderd de laatste jaren, we doen wat we willen!

Dat zei haar vriend pas ook nog: Jullie zijn onmogelijk, jullie doen wat jullie willen.

Haar kind daar op het balkon bijvoorbeeld, twee maanden oud, is een gewenst kind. Haar vriend wilde weer een eigen kind hebben en Sibylle vond het ook leuk. Voor haar nog lang geen reden om te trouwen.

We houden van elkaar, zegt ze en lacht. Ze heeft uitgerekend dat ze op haar eentje met twee kinderen, dus met de kinderbijslag voor twee kinderen, ongeveer duizend mark per maand vangt – daar kan ze toch zeker riant van leven?

Voor het nieuwe kind staat in het kleine kamertje een houten wieg. Het oudste heeft haar bordje leeg, zit naast haar moeder, haar handen liggen op het tafelkleed, je kunt zien dat ze Sibylles handen heeft – tenger met spitse vingers. Ze is klein, ziet er niet uit als een meisje van zeven. Sibylle ziet er niet uit als een schoonmaakster van dertig.

Ze zitten tegenover me giechelig te praten, allebei met hoekige schouders en blanke gave gezichten.

De baby op het balkon is ook een meisje.

Het huis (4)

De verfprodukten voor het onderhoud van het huis zijn: alkyd, latex en olieverf. Wie hier zijn intrek neemt geeft zijn woning doorgaans een grondige opknapbeurt, de oude vrouwen schilderen bij voorkeur kozijnen en balkonspijlen, sinds kort ook het stuk muur rondom de balkondeur, het bestuur van de huisgemeenschap heeft in de zomer van 1981 de hal van het voorhuis laten schilderen (muurkleur: oker, deuren: donkerpaars). De KWV betaalt de verf.

De voorzitter van de huisgemeenschap zegt desgevraagd over het schilderwerk: 'Als iemand te vroeg gaat schilderen of de verf verdunt of te weinig neemt moet ie achteraf niet mekkeren over de kleur. Als iemand cement spaart (jat) of gips door de specie mengt om te zorgen dat die sneller houdt, is ie wel sneller klaar, heeft ie sneller zijn geld, kan ie sneller weg van de bouw – maar dan moet ie niet verbaasd staan als de gevel afbrokkelt. Of verbaast dat iemand?'

Wat reparaties aan het huis betreft betaalt de KWV alles, van de nieuwe elektriciteitsleidingen (in het voorhuis is al overgeschakeld van 63 op 100 kW) en ramen (twintig zijn er vernieuwd) tot de aanleg van douches (twaalf inmiddels), met dien verstande dat de huurders de verbeteringen zelf moeten aanbrengen. De voorzitter van de huisgemeenschap, sinds kort zelf in dienst bij de KWV, zegt: 'Waar er niks is komt er niet zo makkelijk wat bij, maar omdat wij het goed doen is de KWV goed voor ons. Zolang er nog mensen te vinden zijn die bereid zijn om vrijwillig corvee te doen.'

Prenzlauer Berg is een renovatiegebied, in 1978 telde de wijk 92 111 woningen, daarvan zijn er 11 231 na 1945 gebouwd en 11 898 tussen 1918 en 1945, de resterende 68 982 voor 1918, waarvan 25 365 (meer dan een kwart van het hele bestand) voor 1900. De stad steekt enorme bedragen in het herstel van deze oude huizen, in Prenzlauer Berg wordt – zoals het voorbeeld van de Arnimplatz al heeft aangetoond – het oude Berlijn in stand gehouden, maar de renovatie van zo'n groot en dichtbevolkt gebied (in 1979: 17 130 mensen per km^2) zal nog decennia vergen. De KWV Prenzlauer Berg is aangewezen op de medewerking van de huurders.

De voorzitter van de huisgemeenschap droomt van een nieuwe voorgevel aan het huis waar hij woont. Ook dat zouden de huurders desnoods zelf kunnen regelen, denkt hij, er zitten er genoeg bij die kunnen metselen en hijzelf kan dan een oogje houden op de werkzaamheden.

Binnenshuis tekent zich een nieuwe trend af: de huurder die het laatst in het voorhuis is komen wonen schildert niet meer – hij brandt de verf af. Zijn deuren worden weer van puur hout.

Drie hoog

Ursula H.

Ursula H. heeft haar woning in 1949 voor het eerst gezien, het jaargetijde herinnert ze zich niet meer, ze had toen meer ruimte nodig, had een man leren kennen die bij haar in wou trekken en daarom heeft ze haar woninkje in het voorhuis tegen dit geruild. In het voorhuis woonde Ursula H. pas sinds 1947.

Ze heeft zich naast me in een luie stoel genesteld, in een groene zijden jurk met korte mouwtjes, zit met haar armen over elkaar geslagen en trekt haar zwartgepenseelde wenkbrauwen op.

Hoe oud denk je dat ik ben?

Ik zeg dat ze eruitziet als zestig, triomfantelijk schudt ze van nee, mijn vader is nog paardensmid in de Koninklijke Pruisische Hoefsmederij geweest, ik ben tegenover Sanssouci geboren, nou, hoe oud?

En geeft zichzelf plechtig antwoord: Vijfenzeventig jaar.

Verheft haar stem van geestdrift, vijfenzeventig, dat denkt niemand, niemand! En dan willen ze altijd weten hoe je dat voor mekaar krijgt, dan zeg ik: Blijven lachen! Vrolijk blijven!

Dat heeft ze van haar moeder, die heeft alles doorgemaakt, de verhuizing van Potsdam naar Berlijn, in de Eerste Wereldoorlog zat ze in haar eentje met drie kinderen, toen hun vader terugkwam waren hoefsmeden uit de mode, met pijn en moeite hebben ze samen een conciërgebaantje in Pankow gevonden: vijfentwintig trappen, twee keer in de week vegen, één keer dweilen, 's winters sneeuw ruimen, en dan ging haar moeder ook nog uit naaien, in een atelier in de Gethsemane-straße, heeft Ursula daar ook aan een baantje geholpen – we naaiden kinderjassen met pelerine, met bontrand of met brandebourgs, per manteltje betaalde Brenninkmeyer 65 pfennig. Maar: blijven lachen, vrolijk blijven!

Was uw leven dan zo vrolijk?

Ach! zegt ze, perst haar lippen op elkaar en is secondenlang een stokoude vrouw.

Niks als pech, niks als pech. Ik had allang dood moeten wezen.

In een gedecolleteerde groene zijden japon over de dood praten, dat kan niet de bedoeling zijn. Ik vraag aan Ursula wie die bonte plakplaatjes (allemaal losse bloemetjes) buiten op haar voordeur heeft geplakt.

Ikke, om wat leuks te hebben als ik thuiskom.

Ik ga ook elke week uit dansen, sinds mijn vijfenzestigste, ze zijn daar allemaal gek op me omdat ik blijf lachen, maar ik heb niks geen geluk in het leven gehad, nee.

Dan wil ze weten of ik weleens van de 'Weiße Adler' heb gehoord, een uitspanning in Pankow-Nordend, in de oorlog gebombardeerd, nu een grasveld – zo verdwijnt alles. Je hebt geen idee wat je nog te wachten staat! In de 'Weiße Adler' leerde Ursula haar man kennen, in 1937 werd hun zoon geboren. Dat was misschien wel de mooiste tijd, zegt ze maar vertelt er niets over, maakt alleen deze ene keer melding van man en zoon, een goed huwelijk, zegt ze, in 1940 was het gedaan, haar man werd soldaat, in 1945 kwam het bericht dat hij dood was en datzelfde jaar werd haar vader opgepakt. Hij kreeg een oproep om zich te melden bij het gemeentehuis van Pankow: of hij iets wou komen ophelderen. Mijn vader wist meteen wat ze van hem wilden, heeft de sleutels thuisgelaten en is nooit meer teruggekomen. Vind jij dat in de haak? Ze zeggen dat mijn vader mensen heeft verraden omdat hij een nazi was! Je móest toch wel bij de partij, hij was toch gewoon een meeloper!

Ze wil zich nou niet opwinden, je kan maar beter niks zeggen, ze is toen in elk geval in het huis van haar ouders gaan zitten om te zorgen dat haar moeder niet uit de conciërgewoning weg hoefde, voortaan waren het vijfentwintig trappen voor Ursula, haar broers kwamen uit gevangenschap terug, eentje bracht een zwangere vrouw mee, het hele zwikje in mijn moeders huis maar de trappen kon ik mooi in mijn eentje doen, daar hielp niemand me bij, terwijl ze de woning allemaal aan mij te danken hadden!

Ursula kende de beheerder van het huis waar ze nu woont, bij hem ging ze weleens uithuilen. Allemachtig, zei de beheerder, u bent gewoon nergens meer!

Die man die wist de weg en hij vond iemand die wel groter wou gaan wonen ook al zaten er vijfentwintig trappen aan vast, die vent ruilde zijn woning met Ursula, en haar moeder en broers konden naar een renovatiewoning.

Met knallende ruzie ging de familie uit elkaar – daarna hebben moeder en dochter tien jaar niet met elkaar gepraat, maar Ursula had haar rust.

Dat was in 1947.

Ursula kon 's zondags uitslapen, door de week ging ze bij particulieren schoonmaken, 's avonds had ze meer tijd dan haar lief was, maar het lot had nog het een en ander voor haar in petto. Dat diende zich aan in de gedaante van de vrouw van de melkboer van nummer 3 parterre toen die zei: mevrouw B., ik weet een leuke man voor u! Ze bedoelde de elektricien H. uit het huis ernaast. Ze zeiden dat hij van zijn vrouw af wou.

Hoe moet ik dat aanleggen? vroeg Ursula.

Heb je niet wat kapots?

Ja, zei Ursula, mijn radio doet het zo zacht.

Ursula dekte dus voor hen tweetjes op het balkon terwijl meneer H. de radio onder handen nam, het was september. Daarna vertelde de vrouw van de melkboer Ursula dat meneer H. nu helemaal weg van haar was. Een half jaar later trok meneer H. bij Ursula in. Ursula was drieënveertig en weer dolverliefd. Ze snapte H.'s eerste vrouw niet, ze zeiden dat die naar een school wou en gewoon liever alleen was met haar zoon. Van de weeromstuit had Ursula's zoon nou een nieuwe vader.

En omdat de jongen toen een eigen kamer moest hebben schoof Ursula in 1949 door naar het achterhuis.

In de kamer staat jaren vijftig-meubilair, kleine fauteuils met afgeronde leuningen en schuine poten, twee tafels, twee banken, een grote tv en een radio, op de afstemschaal zitten ook al bloemetjes geplakt. Naast de radio zit Ursula te zuchten. Als ik geweten had... als je nagaat wat ik in deze woning al niet allemaal heb meegemaakt...

Meegemaakt heeft ze vooral eenzaamheid.

Vijftien jaar heeft ze prettig samengeleefd met de elektricien H., de laatste zes jaar hield hij van een andere vrouw en Ursula, de huisvrouw, had daar geen verweer tegen – 's zaterdagsochtends trok hij zijn nette pak aan en ging de deur uit, zijn vrouw keek hem door het raam na en huilde.

Zo vaak heb ik gevraagd: Wat heb ik je gedaan dat je zo tegen me doet?

En hoewel het een hele tijd geleden is schieten bij die vraag weer de tranen in Ursula's ogen. Maar goed, ze heeft ook weleens anders gepraat: Ik kan wachten hoor, het noodlot slaat nog wel toe, bij die vrouw of bij jou!

Ursula en haar man waren toen tweeënzestig, zijn nieuwe vrouw pas vijftig, een collegaatje van zijn werk. Die twee zagen mekaar dagelijks maar Ursula vroeg geen scheiding aan, dat zou toch oliedom van haar zijn geweest als ze zijn pensioen had laten lopen, ze wachtte op gerechtigheid.

Praten met haar man deed ze de laatste jaren niet meer, maar als hij door de gang slofte reutelde het zo in zijn borstkas dat zij het in de huiskamer hoorde – de gerechtigheid kwam nader. Hij is ook in de gang in elkaar gezakt op een dag, twee uur later overleed hij in de polikliniek.

Ursula heeft hem in Nordend begraven, vlak bij het grasveld waar ooit de 'Weiße Adler' stond. Ze heeft nog een etentje voor de familie gegeven, dat was het dan. Getreurd heeft ze niet. Als ze dood is zal ze nog lang genoeg naast hem liggen, de grafsteen is voor hen tweeën.

Is nou eenmaal voor ons tweetjes, die grafsteen, zegt Ursula op de bank, maar meteen na de begrafenis ben ik weer uit dansen gegaan, jawel. Sinds 1971 danst ze weer, twee keer per week, 's zondags altijd in het Prater.

Dan zou ik haar eens moeten zien, hoe ze chic aangekleed en opgemaakt met haar kastanjebruine pruik over de binnenplaats loopt, dan komen me er toch een vitrages in beweging! Staan ze voor het raam te koekeloeren, die andere oude vrouwen, die durven dat niet.

Goh Ursel, zeggen die, zoals jij dat toch doet!

Mannen heeft ze ook, maar als er een de dienst wil gaan uitmaken voor haar zegt Ursula: Dat kan je met je vrouw doen maar niet met je vriendin.

Als vriendin heb je meer rechten – dat had ze eerder moeten weten!

Een jaar geleden heeft ze haar laatste vaste vriend begraven, een frezer. Ze hebben vijf jaar samen opgetrokken: woensdags was het gezellig koffieleuten bij hem thuis, vrijdags ging Ursula hem van zijn werk ophalen, in het weekend zat hij bij haar. 's Zaterdags de natuur in, 's zondags naar het Prater, één keertje heeft ze het uitgemaakt tussendoor omdat hij te veel dronk.

Daar heb ik over gehoord: op een nacht schijnt er een bejaarde reus op de binnenplaats te hebben gestaan en het volgende te hebben geroepen: Excuse me, bewoners van het tuinhuis, ik heb in Engelse krijgsgevangenschap gezeten, ik ben door de lucht gevlogen, excuse me, ik moet die vrouw iets zeggen. Ursula! Ik weet heus wel dat je een man over de vloer hebt maar mijn pakken passen hem toch niet! Excuse me, bewoners van het tuinhuis!

Ach ja, Helmut, zegt Ursula.

Volgens haar zei hij altijd: Een kerel als ik vind je nooit meer, en ze heeft er nog steeds geen gevonden. Het is treurig gesteld met de mannen, straks zit er niks anders meer op dan met een vriendin op een bankje zitten, in het Prater.

De vrouw zucht en kijkt naar de klok, ze verwacht zo meteen een jongeman op de koffie, die heeft ze ook in het Prater leren kennen, mist zeker zijn moeder.

We nemen afscheid op de gang en aangezien alle deuren openstaan kan ik in de slaapkamer en keuken kijken. In de slaapkamer hangt de kastanjebruine pruik voor de spiegel, Ursula volgt mijn blik, haalt hem, zet hem op – mooi hè?

Op het fornuis zitten ook weer bloemetjes geplakt, in een pan water liggen geschilde aardappels.

Ja, aardappels, zegt de vrouw. In de strenge winter van 1979 brak ze haar arm en kon geen aardappels meer schillen. Toen heeft ze geen voet meer buiten de deur gezet, zag haar hele ongelukkige leven weer voor zich en zat elke dag te huilen. Maar omdat ze geen aardappels meer kon schillen kwam er elke dag iemand uit het huis warm eten brengen en de jongen van boven haalde kolen voor haar. Zo aardig waren sommige mensen voor Ursula en daarom heeft ze zich die winter niet opgehangen, al dacht ze wel aan zoiets.

Drie hoog

Rüdiger P. en Hella A.

De deur is groezelig, de verf stokoud, op ooghoogte hangt een papiertje ter grootte van een postzegel met daarop twee namen in schrijfmachineletters en een derde met ballpoint langs de rand gepriegeld. Ik bel aan, de deur gaat direct open. Een kleine man met een volle kroesbaard en een glimmend hoog voorhoofd kijkt me stralend aan, in blijde afwachting lijkt het, maar met hem had ik niet afgesproken. In zijn rechterhand houdt hij een theepot. Kom erin, zegt hij zachtmoedig.

Op het gasfornuis suddert roerei in de pan, water kookt, op alle meubelstukken in de keuken staan vuile borden opgestapeld, een opvallende maar vredige rommel waar de man zich niet voor verontschuldigt. Wel vindt hij het jammer dat de schrijver Uwe er niet is, naar wie ik had gevraagd, hij legt de situatie uit: Zijn vriendin ligt nog in bed, ze spijbelen allebei van college en gingen net ontbijten.

We ontbijten met z'n drieën, het meisje nog steeds in bed, de man in de luie stoel, ik op de rand van het bed, tussen ons in een kruk met een geborduurd tafelkleedje erover.

Op de kruk het ontbijt – boter, broodjes, aalbessenjam en hamworst, daar grijpt de man het eerst naar, hij kan hem mij ook aanbevelen.

Je praat Saksisch, zeg ik en op slag worden zijn vriendelijke ogen klein en argwanend.

Heb je iets tegen Saksen?

Ik kan niet weten hoe je als jonge Saks in 1980 in Berlijn op anderen overkomt en vraag waar hij is opgegroeid, maar hij zegt alleen: De naam is nog niet in het nieuws geweest. Het meisje in bed lacht om zijn antwoord, ze leunt met haar kin op haar rechterarm, ik zie alleen haar profiel en de linkerkant van haar gezicht – een puntneus, smalle lippen, heel bleek ziet ze eruit, met vaalblond krulletjeshaar, misschien is het een mooie kleur maar er brandt hier maar één lampje en de gordijnen zitten dicht. De raampartij van de grote kamer vervaagt in duisternis, alleen wat in onze buurt staat is min of meer te onderscheiden – oude meubels, overgenomen van de voorganger, zegt de man. Je hebt er hier nog niks aan gedaan, zeg ik. Weer knijpt hij zijn ogen tot spleetjes. Wat zou ik moeten doen? Heb je een voorstel voor de inrichting? Afgezien daarvan, ik zou het toch niet uitvoeren.

Ik heb geen voorstel voor de inrichting, informeer wat hij studeert – theologie. Wat studeert zijn vriendin – hetzelfde, allebei eerstejaars.

Waarom juist theologie?

Ze kijken elkaar aan, dan draait het meisje in bed haar gezicht naar me toe en vertelt lusteloos over een eindexamen in Döbeln, een vakopleiding in Weißenfels en een studie economie aan een hogeschool, die heeft ze afgebroken.

Waarom?

Schouderophalen, het was saai, onbegrijpelijk, theoretisch.

Maar ze wou toch economie studeren?

Wou ze helemaal niet.

Waarom deed ze het dan?

Ik ben er toch mee opgehouden.

Ze is ermee opgehouden toen ze een man leerde kennen. Die werkte in een kerkelijk zwakzinnigengesticht, bezorgde haar daar een baantje in de keuken en een woninkje in het gesticht, daar hebben ze samen twee jaar gezeten, toen kreeg ze door dat er bij de kerk ook geen gekwalificeerd werk te krijgen is zonder vooropleiding, bovendien was ze voorlopig weer bij die man weg. Berlijn dat is voor haar een nieuw begin.

Een nieuw begin, maar waarom bij de kerk? Ze zwijgt. Zegt dan dat het niet aan haar opvoeding kan hebben gelegen, haar ouders zitten in het onderwijs. Valt weer stil. Dan schiet haar toch iets te binnen: bij kerkse mensen waren ze allemaal zo aardig.

En nu geloof je in God, wat betekent dat voor je?

Het meisje grijnst, de jongeman in de luie stoel, die intussen een pijp heeft aangestoken, grijnst ook, hij zegt: je kan gerust vragen maar je krijgt geen antwoord.

Ik weet wel dat het niet meer aangaat om gelovigen naar hun God te vragen, het klinkt dom en onbeschaafd, lomp ook, omdat het geloof wordt behandeld als een privé-zaak die gevoelig ligt. Maar als het nou om zo'n nieuw gewonnen overtuiging gaat, en dan nog wel eentje waar een loopbaan op wordt gebaseerd, dan moet je er toch naar kunnen informeren. Zo ongeveer licht ik mijn vraag toe en de man geeft me nu gelijk, verwijst naar de geschiedenis van de kerk waarin het bij tijd en wijle verboden was om vragen te stellen over God, het woord zelfs maar uit te spreken, dat werd dan omschreven, daarna zegt hij: Je hebt toch zelf al benoemd wat erachter zit, dat mensen zo reageren – het ligt heel gevoelig. En het is onmogelijk en ik zie er ook de zin niet van in om bij zo'n eerste korte kennismaking een voor mezelf geldige levensovertuiging te formuleren. Of ik dan zelf niet het gevoel heb dat zo'n vraag als een aanval klinkt?

Het was niet mijn bedoeling om te provoceren, maar het gesprek is allang niet meer vriendschappelijk en als ik naar zijn toekomst informeer, of hij misschien als dorpsdominee in een mooie streek wil gaan werken, huis en auto verschaft de kerk, je kinderen spelen in de tuin, je vrouw piano, klinkt me dat zelf als niet ter zake doend in de oren. Zijn antwoord: Mij tref je niet onder de appelboom aan.

Dus je wilt de stad niet uit?

Ja hoor, momenteel best wel.

Dus toch onder de appelboom?

Zijn gezicht schiet uit de plooi – je wilt me kennelijk niet begrijpen. Die appelboom die staat voor hem symbool voor de idylle, die kan overal staan, wat moet hij met die appelboom, geen moer. En als hij zei dat hij best op het platteland wil werken dan was dat niet vanwege voordeeltjes of zo maar omdat een dominee daar bruikbaar gereedschap krijgt, met alle aspecten van het parochiewerk vertrouwd raakt. Hij benadrukt een paar keer dat hij absoluut dominee wil worden maar nu nog niet met stelligheid kan zeggen waar. Pin me daar niet op vast!... Of ik soms uit de antwoorden van zijn vriendin daarstraks niet heb begrepen hoeveel achterstand je door de provincie oploopt, hoe weinig je van jezelf weet, hoe slecht je voor jezelf kan opkomen. Dat is ook wat hem aan Berlijn shockeert: dat zelfverzekerde van de mensen. Maar er is ook een hoop onechts aan hoor, een hoop...

Hij onderbreekt zichzelf opeens, staat op, loopt naar het fornuis, pookt in de gloeiende kolen, het ontbijt is afgelopen. Het meisje stapt uit bed en verlaat de kamer. De man leunt tegen het fornuis, rookt, kijkt naar de muur.

Op de werktafel naast hem liggen opengeslagen boeken en schriften, een met elastiekjes bij elkaar gehouden stapel papiertjes en een grijsgroen boek: *Het imperialisme als opperste stadium van het kapitalisme.* Tegen de muur hangen twee landkaarten aan punaises, de ene heeft als opschrift: *Het Romeinse Imperium in de eerste tot vierde eeuw.*

Onverwacht fel zegt de man opeens: Als je mij nou had gevraagd waarom ik bij theologie ben verzeild dan had ik je kunnen vertellen hoe het met mij is gelopen. Ik kom uit het Ertsgebergte. Snap je, dat zegt alles, meer hoef ik niet te vertellen, alleen: Ik kom uit een dorpje in het Ertsgebergte. Mijn ouders werken op kantoor bij een textiel-Kombinat, ik ben niet christelijk opgevoed maar de provincie, het isolement, de geringe keuzemogelijkheden... zijn laatste zin mompelt hij alleen nog, zegt dan na een stilte: Een buitenstaander. Dat ben je daar zo. Je hoeft maar gedichten te lezen.

Hij heeft de opleiding voor BMSR-technicus[24] gevolgd, kreeg die opgedrongen, het was zogenaamd het vak van de toekomst, op z'n achttiende is hij meteen naar de grote stad, Dresden, vertrokken, heeft alsnog de avondschool afgemaakt en bij de Junge Gemeinde[25] mensen ontmoet met wie hij zich kon identificeren, het eindexamen schudde hij toen uit zijn mouw omdat hij al wist waarvoor hij leerde – dominee worden. Maar zijn inschrijving bij die studierichting is drie jaar achter elkaar geweigerd, in die tijd heeft hij als verpleger in een ziekenhuis gewerkt.

Het komt natuurlijk door je eigen overgevoeligheid dat je díe weg inslaat, zegt hij, je onderkent je eigen kwetsbaarheid, maar daar leer je mee omgaan.

Onlangs kwam hij in de trein een psychologiestudente tegen die zei: We doen eigenlijk hetzelfde. Maar dat is nou net het verschil: een psycholoog probeert het Ik een gevoel van eigenwaarde te geven door het van zichzelf te bevrijden, terwijl de zielzorger de mens juist wil helpen om zijn andere

Ik te accepteren, precies zoals het in de bijbel staat: 'Wie zichzelf verliest om mijnentwille zal zichzelf pas vinden.'

Als hij ziet dat ik de zin noteer zegt hij dat het geen correct citaat is, pakt een bijbel, zoekt, kan het niet vinden, zoekt verder, zegt dat hij altijd had gedacht dat het in de bergrede stond, maar hij kan me wel vertellen hoe het bij Johannes staat: 'Wie zijn leven liefheeft, zal 't zelve verliezen; en wie zijn leven haat in deze wereld, zal 't zelve bewaren tot het eeuwige leven,' opnieuw geblader, da's nou belachelijk, net nog tentamen bijbelkunde gedaan. Haalt opgelucht adem. Hè gelukkig, hier staat het, Mattheus 16:25: 'Want zowie zijn leven zal willen behouden, die zal 't zelve verliezen; maar zowie zijn leven verliezen zal om mijnentwil, die zal 't zelve vinden.'

Johannes, legt hij me uit, wordt tot de gnostici gerekend, die wilden zo gauw mogelijk met hun aardse bestaan afrekenen, terwijl Mattheus de heilige boodschap juist ook op aarde als geldig beschouwt. Hijzelf zit op de lijn van Mattheus.

Het meisje komt weer binnen, in spijkerbroek, trui, een ceintuur strak om haar middel gesnoerd, lippen rood gestift, pakt de stapel papiertjes van de werktafel, gaat op het bed zitten en klopt de randen gelijk. Op elk papiertje staat een Hebreeuws woord, achthonderd moeten ze er leren in het eerste semester, dan zit het Hebreeuws erop. Dat legt de man me uit terwijl het meisje geluidloos haar lippen beweegt en de blaadjes omdraait. Hij is vol lof over de methode om elk woord op een blaadje te schrijven, zijn vriendin heeft hem uitgevonden, ze lacht naar hem, hij lacht terug, dan rukt hij zijn blik los en vraagt of ik nog eens wil uitleggen waar ik eigenlijk voor kwam.

Nee, zegt hij, daar ziet hij het nut niet van in. Zo'n toevallig moment, een situatie als deze nou bijvoorbeeld waarin hij zich overrompeld voelt, geen zin heeft om te praten, dat bevalt hem niks. Ik vraag of ik ons gesprek beter niet kan opschrijven. Doe wat je wilt, zegt hij. Maar ik hecht er wel aan dat me geen dingen in de mond worden gelegd die ik niet heb gezegd. Iets echt belangrijks kan er in zo'n oppervlakkig verslag toch niet staan.

Drie hoog

Peter N.

Stemmen achter de deur, een atletische man doet open in zijn hemd, luistert met open mond terwijl ik me voorstel, begint te knikken, zegt dan met luide stem: Kom erin, hang je jas op, dan zal ik je een verhaal vertellen, als je dat hoort zeg je, dat bestaat niet!

Hij trekt me aan mijn schouder de gang in, langs de spiegel, daar zie ik een tatoeage op zijn arm, vervolgens gaat het rechtsaf de hoek om, hij duwt me in een luie stoel, verdwijnt, ik ben alleen in de kamer. Dan voel ik ogen in mijn nek: in de box naast de kachel staat een kind. Hoewel het zijn hoofd maar met moeite rechtop kan houden richt het zijn blik strak op mij. We kijken elkaar aan.

De man komt terug, ditmaal in overhemd, met in zijn kielzog een magere bleke vrouw, in het voorbijgaan aait ze het kind over zijn bol. Hij is ziek, zegt ze, bronchitis, en gaat tegenover me op de bank zitten. Scheve ogen, zwart omlijnd, opgestoken blond haar met een scheiding, ze zwijgt en ziet er knap uit.

Haar echtgenoot doet het woord, hij heeft zijn draaifauteuil een eind naar achteren geschoven om zijn rechterarm de ruimte te geven, die onderstreept in de lucht bepaalde woorden: maak 't je *gemakkelijk*, we *zitten op een kluitje*, met z'n vijven in *anderhalve kamer*, drie hoog *achter*, wat je noemt *lekker ouderwets* – breekt af, kijkt me opgetogen aan, slaat met zijn vuist op tafel, – tjongejonge, je hebt wel precies op de goeie bel gedrukt, zeg!

Hij wil het verhaal over zijn woonsores kwijt, het verhaal van zijn strijd om een grotere woning. Data en getallen weet hij uit zijn hoofd – het was een vergeefse strijd, zoals ik hier kan zien. Zille[26] heeft eens gezegd dat je iemand even erg de vernieling in kan helpen met een woning als met een bijl, wist je dat?

Hij vraagt hoe ik woon, luistert, kreunt, daar kan hij nou weer mesjogge van worden, drie kamers voor drie personen! Geruild, zeg ik, toewijzen zat er van geen kant in. – Nou, dan ruil je toch met mij. Laat me niet lachen, lacht daarbij zelf en schudt zijn hoofd.

Peter N. is hier in huis opgegroeid, bij zijn oma, kreeg toen hij meerderjarig werd twee hoog een eenkamerwoning en verhuisde toen zijn eerste kind op komst was naar deze anderhalvekamerwoning één verdieping hoger, had hij dan niet langs een even korte weg nog een kamer erbij kunnen krijgen?

Nee, zo recht loopt het leven de trap niet op. Peter N. moest zijn benen uit z'n lijf lopen, tot zijn hele leven veranderd was, alleen zijn woning niet.

Zijn maatjes reageerden verbaasd toen hij zijn lidmaatschap van de AWG[27] opzei (wanneer moest ik die twaalfhonderd verplichte arbeidsuren nou volmaken met mijn dienstrooster?), geïrriteerd toen hij een woning afwees (links de grens, rechts het kerkhof, da's toch geen leven!) en boos toen hij een bouwvergunning aanvroeg voor een eigen huisje. Het hoofdbureau wees de aanvraag af.

Hij heeft de dienst vaarwel gezegd terwijl 't nog wel het mooiste was wat hij zich in Berlijn kan voorstellen: wachtmeester op de Alexanderplatz.

Berlijn-Alexanderplatz, het woord laat een smaak op je tong achter, elke vierentwintig uur passeren er anderhalf miljoen mensen de Alexanderplatz, tussen het Stadt Berlinhotel, het Centrumwarenhuis, Intecta, Berolina en de S-Bahn lag zijn rayon, hij noemt de Alexanderplatz *de plaat.* Ademt hoorbaar in, ademt hoorbaar uit, er gaat een hoop lucht in een wachtmeester.

Ik moest kiezen tussen de volkspolitie en mijn gezin.

Zijn huis gaat nu gebouwd worden, in Eckersdorf aan de rand van Berlijn op het lapje grond van zijn grootouders, de bouw start eerste kwartaal 1981, oplevering tweede kwartaal 1982, dat is binnenkort, niet over tien jaar, maar dat had toch ook wel anders kunnen gaan?

Bedroefd wuift hij het weg, een vrolijke Berlijnse jongen in wezen, ziet er heel jong uit als hij lacht. Lacht voortdurend want hij heeft het over zijn overstap naar het bedrijfsleven.

Bij de politie daar had je je instructies, daar lag het beleid vast en daar hield je je aan, je wist altijd wat je te doen stond. In het bedrijfsleven ligt dat heel anders, daar heeft iedereen een mening en er wordt maar gediscussieerd en gemord en geknord en al met al geen moer gedaan.

Ja, dat vindt hij zelf uitstekend gezegd, 'gemord en geknord', klopt precies, en dat is gewoon niet goed voor het moreel. Toen hij zijn uniform nog had voelde hij zich stukken nuttiger.

Ik moet met lui samenwerken die ik vroeger op de bon slingerde – alcoholisten!

Daar komt bij, als hij nou ergens in de stad loopt dan heeft hij moeite om al de delicten te negeren die hem in het oog springen! Het duurt jaren voordat je alles zíet, maar nou heeft hij ook oog voor nog de kleinste wetsovertreding en dat kan je behoorlijk opbreken als je machteloos bent. Daar op de hoek begint het al, zegt hij en wijst in de richting van de Dimitroffstraße, als ze bij rood oversteken, dat kan hij niet aanzien.

Ik steek ook vaak bij rood licht over en wil weten wat hij als agent in dat geval met mij had gedaan. Ben je soms kleurenblind, had ik dan gevraagd en je naar de veilig-ver-keerslessen gestuurd, want poen hebben ze tegenwoordig allemaal maar tijd ho maar.

Is het niet mal als er vijftig mensen tegenover elkaar staan en niemand durft een stap op de uitgestorven straat te zetten, alleen omdat het licht op rood staat?

Hij lacht, ja tuurlijk, maar het is voor jullie veiligheid en helaas hebben we nou eenmaal geen tussenverordening.

Discipline moet er wezen, dat bedrijfsleven is niks voor hem, per slot is hij nog niet aan zijn pensioen toe, integendeel, op je zevenentwintigste kan je nog heel wat presteren, hij gaat kijken of er een baantje is waar nog discipline voor gevraagd wordt, in het leger misschien.

Het kind in de box begint te huilen, de vrouw staat op om het naar de kinderkamer te brengen.

Kinderkamer, zegt meneer N., laat me niet lachen, het raam sluit niet goed, 's zondagsochtends kunnen we niet meer rustig slapen van angst, en hij vraagt of ik connecties heb met de fotoredacties van geïllustreerde bladen. Hij is amateurfo-tograaf, bij de politie zat hij op een fotoclub en hij heeft wel iets aan te bieden. Die gozertjes van de pers dat zijn me een linkmiechels, die heeft hij weleens zo in de peiling gehouden, met die zou hij best willen ruilen, dat vak is misschien wel wat voor hem. En nu hij het over fotografen heeft moet hij gelijk aan verslaggevers denken, ook aan die uit het Westen op de Alexanderplatz, zo rap als die hun microfoon onder je neus douwen en opeens zijn er camera's ook, voor die gasten is het puur geld, zo'n opname, en zijn antwoord is dan zuinig, correct: Mijne heren, wendt u tot de voorlichter van Buitenlandse Zaken.

Staat op, legt een map met documenten op tafel, bekijk die maar, trekt een donkere nylonparka over zijn overhemd aan, kamt zijn haar tot een kippekontje, moet naar de tandarts.

Zijn vrouw is op de bank blijven zitten, voor het eerst kijk ik de kamer rond, het is schemerig en kil, tot halverwege de ramen hangen plaids om de kou te weren. In de hoek staat niet zoals elders in dit soort kamers een divan maar een tweepersoonsbed. Het kastje aan de muur doet dienst als nachtkastje. De vrouw zegt dat dat het enige is dat ze tot nu toe hebben aangeschaft, de slaapkamermeubels en de kleurentv, meer past er toch niet in deze woning.

Als een porseleinen pop zit ze tegenover me, verroert zich alleen om me de foto's van hun twee andere kinderen van het nachtkastje te overhandigen, op briefkaartformaat, in dikke plastic hoezen. Elke keer als ik haar iets vraag zegt ze drie of vier zinnen, laat dan haar stem wegsterven, wil een eind maken aan het gesprek. Ze is gediplomeerd serveerster, heeft in het hotel gewerkt waar de gasten van de regering worden ondergebracht, op recepties geserveerd, woont hier nu zes jaar, zit sinds een jaar thuis en twee keer per week bij de dokter, haar jongste zoontje kan niet naar de crèche, heeft deze winter al voor de derde keer longontsteking, volgens haar komt het door de woning.

Drie keer longontsteking, dat lijkt me wat overdreven, we hebben in elk geval gespreksstof: ziektes, dokters, foute diagnoses. Ze zou liever werken, zegt de vrouw, het is vermoeiend met dat zieke kind. En geen afwisseling. Mensen hebben haar al aangeraden om te gaan scheiden, pro forma natuurlijk, dan is ze alleenstaand met drie kinderen, een groot gezin dus, dan zou ze een uitkering krijgen en misschien wel een betere woning, maar dat willen ze allebei niet.

De voordeur slaat dicht, Peter N. is terug van de tandarts, wrijft in zijn handen, zo dames, nog steeds aan het koffieleuten? Hij is er weer, het is net of het warmer wordt in de kamer, misschien omdat hij zijn mouwen alweer oprolt, loopt thuis zeker altijd in zijn hemd rond.

Onderweg is hem wat te binnen geschoten: ik moet over zijn oma schrijven, die woont één trap hoger, zó'n mens, die is het echt waard dat er eens over haar wordt geschreven! Hij belooft dat hij me aan zijn oma zal voorstellen, meteen dan maar.

Vier hoog links doet een tanige oude vrouw open zonder het licht in de gang aan te doen. We maken een afspraak voor de volgende ochtend, er komt een vrouw de trap op, lacht al van verre, schudt haar natte paraplu uit. Dag Helga, zegt de oude vrouw, dag mam, zegt Peter N., grootmoeder-klein-zoon, moeder-dochter en moeder-zoon zeggen elkaar gedag en nemen afscheid, Peter N. wil naar beneden om alvast een paar uur te slapen, want vannacht worden op het terrein in Eckersdorf de eerste duizend bakstenen uitgeladen.

Het begin, zegt hij blij.

De volgende dag komen we elkaar in het trappenhuis tegen, de stenen zijn niet gekomen, de N.s hebben voor niets de hele nacht kou geleden, de leverancier beweert dat een vrachtwagen het heeft begeven.

Een klacht, zegt Peter N. somber. Dat wordt een klacht indienen.

Vier hoog

Johanna N.

Net als de vorige dag staat mevrouw N. in een donkere gang maar ze geeft me meteen een hand en schudt hem flink.

In haar huiskamer staan twee luie stoelen bij de kachel, daar gaan we zitten, tussen ons in een rond tafeltje met erop een kleedje, blauwgeblokt en dun als een mannenzakdoek. Mevrouw N. heeft haar handen in haar schoot gelegd en wacht mijn vragen af. Wanneer is ze hier komen wonen?

In 1931 met haar dochter Helga en de broers Richard en Max. Max was haar man en Richard voelde niet voor trouwen. Ze konden altijd goed met z'n drieën opschieten, noemden zich 'het klaverblad'.

Mevrouw N. is in 1902 in Silezië geboren, haar vader was mandenmaker, verhuisde in 1906 naar Berlijn, na de Eerste Wereldoorlog moest het gezin de grote woning in de Dunckerstraße opgeven, vanaf 1919 woonden ze in de Stargarder Straße.

Mevrouw N. draait de lamp mijn kant op – zo schrijft het makkelijker. Zelf zit ze nu achter de lamp, haar gezicht is hoogstens nog als een fletse vlek te onderscheiden terwijl het geblokte kleedje daarentegen schel oplicht, zo glad alsof het net gestreken is.

Max zat bij de posterijen in ploegendienst, Richard was slager in de Knaakstraße, mevrouw N. bleef thuis en verpleegde zieken.

Het had zich al op haar trouwdag aangekondigd – 's morgens bruiloft, 's middags om één uur een begrafenis (haar schoonvader) – en bleek haar lot: haar man had het aan zijn maag, haar dochter werd met een horrelvoet geboren, haar ouders waren hulpbehoevend, hele zijtakken van de familie stierven uit en uiteindelijk ook haar mannen, haar vader, haar moeder.

Haar moeders graf is helemaal omgewroet door de mollen.

Rechts van ons staat een dressoir met een agave in een pot, onder de eettafel zit licht linoleum gespijkerd, op de tafel ligt een zeiltje, een klok tikt.

Mevrouw N. gaat uitvoerig op de ziektes in, de operaties, de horrelvoet.

Helga had helemaal geen horrelvoet. De navelstreng zat om haar voet gewikkeld, daarvan is hij zo gegroeid. De dokter in het ziekenhuis wilde er destijds niet aan, maar toen heeft een Joegoslaaf het kind geopereerd. Over drie weken kan ze elke schoen aan, zei hij en het klopte! De eerste operatie in Duitsland zonder bloedverlies, zegt ze, die dokter had professor zullen worden maar in 1933 moesten de buitenlanders weg. Hij heette dokter Benzon en is later gezant geworden voor zijn land. Na de oorlog heeft hij de familie N. een kaartje gestuurd.

Acht jaar na de operatie – dus in 1941 – moest mevrouw N. met Helga in de Luisenstraße komen.

Komt u maar mee. En het kind gaat hier naar binnen.

Het kind gaat nergens naar binnen!

Uw kind is invalide, mevrouw N., het moet gesteriliseerd worden. Maar het was geen horrelvoet, de bewijsstukken liggen in de Charité, de bewijsstukken lagen in de Charité! En toen bedacht ze iets: Goed, u mag mijn dochter steriliseren, maar dan pas na dokter Goebbels. Mijne heren, het zal u toch bekend zijn dat dokter Goebbels een horrelvoet heeft en tien gezonde kinderen! Het werd doodstil in de kamer, zegt mevrouw N., en ik heb Helga bij haar hand gepakt en ben de deur uit gewandeld.

Ik zou er een boek over kunnen schrijven, zegt mevrouw N. en begint weer over de mollen.

De mollen in het graf van haar moeder, daar kreeg ze echt een zenuwinzinking van, pas nu ze een ander graf heeft gekregen bedaart het wat. Krijgt ze eindelijk rust misschien.

Als er niet al dat jonge tuig was dat te beroerd is om te werken en de buurt onveilig maakt. De straat is nog nooit zo berucht geweest. Mevrouw N. houdt sinds 1964 het huis-boek[28] bij.

Twee trappen lager heeft er eentje gewoond, toen die hier kwam was hij negentien, zijn meisje zeventien, tegen dat ze hem eindelijk achter slot en grendel hadden was hij eenentwintig. Twee jaar ging het van: Kom gauw, hij maakt zich weer dik, dat riep die meid dan bij mevrouw N. voor de deur als die man haar wilde slaan, soms zat ze in haar nakie in bed om hulp te roepen, zijn vrienden vochten als ketellappers met mekaar in het trappenhuis, gingen ook nog dwars door deurpanelen, en hun ramen zaten met planken dichtgespijkerd.

Als ze nou geen kinderen hadden gehad, zegt mevrouw N. Maar je kon die kinderen daar moeilijk laten en 's nachts deed je ook geen oog meer dicht van de angst dat het huis de lucht in vloog, want die jongeman riep almaar dat hij aan het gas ging. Ze zeggen dat zijn moeder nog zo'n zoon had en dat ze bij hem op een dag is doodgebleven van schrik. Dat moet een moeder nou allemaal verduren. Maar de bewoners ook.

Hiernaast, in de middelste woning, daar zat me toch een lekkerdje, was pas vijfentwintig, aan de drank, haar moeder legde het van narigheid af, op haar werk is ze op staande voet ontslagen, nou is ze bij haar vriend ingetrokken. En die nieuwe uit de zijvleugel heeft nog geen tijd gehad om zich voor te stellen, is er nooit, een drugsdealer was er, feesten werden er gehouden, mannetjes en vrouwtjes poedelnaakt door mekaar, en wat er beneden in de zijvleugel loos is weet geen mens.

De kinderen zijn tegenwoordig veel bijdehanter dan vroeger, zegt mevrouw N. en wijst naar de vloer. Haar drie achterkleinkinderen daar beneden, daar kan ze alleen nog haar hoofd om schudden. Zij heeft haar kleinzoon opgevoed, die was me toch verlegen, nou durft ie wel meer.

Naast de kachel hangt de trouwfoto van haar kleinzoon, Peter N., in het uniform van het leger. Mevrouw N. past weleens op de kinderen als hun ouders 's avonds uit willen. Ze zijn nog jong, die twee.

Mevrouw N. wilde geen tweede kind vanwege die horrelvoetaffaire. Ze is toen door een dokter geholpen, die wou er geen geld voor, twee maanden later kwam hier Gestapo binnen, moest mevrouw N. mee naar de Prinz-Albrecht-Straße voor verhoor, maar ze heeft zich eruit gepraat. Ik kon me er altijd uit praten.

Drie maanden later kwamen ze weer. Mevrouw N. heeft de kolenboer ingeseind waar ze naartoe moest.

In de Prinz-Albrecht-Straße brengen ze je altijd met de lift naar boven zodat je geen schuiverd kan nemen. Uren moest ik wachten, bij een smalle trap, toen kwamen ze met de dokter boven. Dat had ik nooit gedacht, dat een mens opeens zo oud kan worden, hij kon amper lopen en keek me zo aan. Kent u die vrouw?

Hij knikt.

's Avonds mocht mevrouw N. naar huis. Ze heeft geëist dat iemand haar door dat labyrint naar de voordeur bracht. Was een hele fijne vent, die dokter, alleen kan mevrouw N. nou niet meer op zijn naam komen.

In de oorlog zat mevrouw N. bij de luchtbescherming. Kinderen aankleden, oude mensen naar beneden brengen, zelf ging ze niet in de kelder, zat hier in haar woning. Op een keer toen hadden ze de straatnaam al op de radio doorgegeven dus haar dochter kwam al lopend van Siemens heel Berlijn door hierheen, toen stond het huis in vlammen, de brandweer had het al afgeschreven, maar toen hebben de bewoners de brand geblust met hun spuitjes van de luchtbescherming. Het dak was natuurlijk naar zijn mallemoer.

Op de Siemensfabrieken vielen haast elke dag bommen, de buren hoorden het altijd eerder op de radio dan mevrouw N., dan kwamen ze vragen: Is Helga er al?

Dat was een hele fijne vent, die dokter, zegt mevrouw N. weer en opeens schiet zijn naam haar te binnen: dokter Ehrenwert, een jood. Ik vraag of er hier veel joden woonden. O, massa's, ze zijn allemaal weggehaald, er zat er al gauw geeneen meer in huis, de kleermaker, de pettenmaker, 's nachts werden ze gehaald, zegt mevrouw N.

De huisarts deed een briefje in haar bus: *Morgenochtend moeten we gepakt en gezakt aantreden. Dr. Neihoff.*

Zijn praktijk zat aan de Prenzlauer Allee, recht tegenover de Metzer Straße. En in de Metzer Straße, bij hem aan de overkant, stond het echtpaar N. de volgende ochtend te kijken hoe de oude dokter zijn koffer het huis uit droeg en in een vrachtwagen klom.

Dat was hun vaarwel. We konden toch niks doen, zegt mevrouw N.

De Kristallnacht in de Pappelallee, toen heb ik versteend gestaan, tot een man me aan mijn arm trekt en fluistert: Stil, kop dicht, doorlopen! In hun volkstuintje in Eckersdorf hadden haar ouders twee jaar lang een joods gezin ondergedoken zitten. Op een dag hebben die er genoeg van om anderen in gevaar te brengen, gaan terug naar hun huis in de Schwedter Straße en worden ook afgehaald. In de Dimitroffstraße zat een wolwinkel, daar bedienden twee jonge vrouwen, zo aardig, zo ongelooflijk aardig, die combineerden kleuren voor ons, lieten breipatronen zien, die wolwinkel kan niemand uit de buurt vergeten zijn, een joodse zaak, toen die winkel kort en klein werd geslagen op klaarlichte dag kwamen er hopen mensen op af. Mijn man en ik deden net of we een wandelingetje maakten. Ik heb gezien hoe die twee vrouwen in een auto werden gesleurd, ze schreeuwden.

Helga komt op een keer de Weinbergsweg af. Waar nou het nieuwe bejaardentehuis staat had je toentertijd een joods weeshuis en die kinderen waren in een lange rij op de stoep opgesteld, allemaal met hun poppetje in hun armen, ervoor mannen in uniform, die rukten die kinderen dat speelgoed uit hun hand, smeten de poppen in de goot en de kinderen op de vrachtwagen. En Helga stond daar maar, tot er een man tegen haar fluisterde: Juffrouw, doorlopen anders gaat u er ook op.

Ik moet ook eens met mevrouw Herzog gaan praten, zegt mevrouw N. Die was christen, daarom mocht haar man blijven, hij moest wel een ster dragen, in de laatste dagen van de oorlog heeft iemand hem verlinkt, hebben ze hem uit de schuilkelder gehaald en in Friedrichshain doodgeschoten, met twee andere joden. Mevrouw Herzog woont nu nog op nummer 6, die moet ik 't vragen.

Ik vraag al een poos niets meer.

Mevrouw N. zwijgt, kijkt me aan, je moet nooit bang zijn, zegt ze.

Hier in deze woning ontmoette mijn vader zijn communistische vrienden, altijd heel kort, zo gauw mogelijk, ze liepen dan allemaal gevaar, er kon immers ook een spion bij zitten. Onbekenden eerst aftasten. We hebben vaak stront aan de knikker gehad. En altijd dat geknal. Toen de revolutie uitbrak stond ik op het S-Bahnstation Schönhauser.

Mevrouw N. was zestien. Kom mee, meid, had haar vader gezegd. Op het S-Bahnstation Schönhauser zagen ze hoe officieren de kokardes van hun uniform lieten rukken. Haar vader zei: Dat had ik me nooit laten aanleunen, ben je daarvoor op het slagveld geweest, als ik officier was had ik ze er zelf afgetrokken. Hij stuurde haar ook met melkkannen vol soep of koffie naar de Lothringer Straße, dat hele eind floten de kogels altijd om haar oren. De commune vecht voor ons, zei hij dan. Hij was een communist.

Mevrouw N. heeft geen zin om nog verder te praten over haar vader, ze schaamt zich voor haar broer, die een keer een kranteartikel over haar vader heeft geschreven, uit eigenbelang. Als haar vader dat wist, die was bescheiden.

Haar broer duikt alleen deze ene keer in mevrouw N.'s verhaal op. Zo te horen is hij het complete tegendeel van haar. En dan ook nog veel jonger, heeft niks meegemaakt.

Hoe 't ook zij, bij de Kapp-putsch zaten die misdadigers van Kapp hier op zolder en daarom wou de politie toen alle mannen uit het huis standrechtelijk executeren, bij de straatgevechten tussen de nazi's en de communisten in 1930 duwde mevrouw N. haar kinderwagen ertussen, zat de politie te paard haar tot in de hal achterna. En toen bij die luchtbombardementen, zegt ze, hadden we weer de poppen aan het dansen. Als er nog eens oorlog komt moet ie maar net zo worden als de eerste, toen was het in Berlijn nog uit te houden, waar moeten we anders heen?

Vier hoog

MIDDEN
Burkhard en Sabine B.

Burkhard, onuitgeslapen in trainingspak, kan zich niet heugen wanneer hij zijn woning voor het eerst heeft gezien – ergens in april 1978, de eerste indruk was een goede, waarom niet, hij had deze woning gewild en gekregen, op 1 mei is hij hier naartoe verhuisd, dat weet hij nog precies, vrienden hebben hem geholpen.

Opvallende meubels rondom. Naast de balkondeur staat een vergulde toilettafel (rococo), voor de bank een marmeren salontafeltje, het wandmeubel is van donker hout en tegen de muur boven de eettafel hangen zes oude wapens waaronder twee hellebaarden.

Verder vallen twee nieuwe grote fauteuils op, op de ene ligt wasgoed dat net van de lijn is gehaald, op de andere knijpers voor de was die nog moet worden opgehangen. Burkhard pakt een stuk wasgoed, stapt ermee het balkon op, ik moet nog maar even wachten. Daarna geeft hij zonder veel animo uitleg bij de helm die op het wandmeubel staat: een Pruisische paradehelm, vandaar dat er geen piek bovenop zit maar een hele vogel – de adelaar. Of alleen officieren hem op parades droegen of ook soldaten weet hij niet, de bel gaat, hij loopt naar de deur.

182

Vanaf de bank waar ik inmiddels tien minuten zit zie ik de vrouw die hij heeft opengedaan heel even in het tegenlicht op de drempel staan. Zo'n vrouw heb ik in Berlijn tot nu toe alleen in de bioscoop gezien, in Russische films als Oom Wanja, zo'n meisje met rode vlechten en zomersproeten dat bemint en niet bemind wordt, iedereen sprakeloos aankijkt en iedereen irriteert door tegelijk geamuseerd en droef te zijn. Die indruk maakt Burkhards vrouw Sabine op me, al heeft ze dan geen vlechten maar kort rood haar, als een poes rolt ze zich op de bank op en Burkhard gaat nu echt naar het balkon – de was ophangen. Sabine herinnert zich de eerste dag in deze woning wel vrij nauwkeurig, met z'n tweeën zijn ze na hun werk naar Prenzlauer Berg gegaan, hij had in die tijd een kamer in Grünau, zij eentje in Marzahn in de oude dorps-kroeg die nu gerestaureerd gaat worden als historisch eethuis. Historisch eethuis, m'n neus, zegt ze. Lawaaiig en primitief, wc op de binnenplaats, ik had er schoon genoeg van.

De woning hier staat op Burkhards naam, voor haar is het als tijdelijk bedoeld want het bedrijf waar Sabine werkt heeft haar een AWG-flat toegezegd, twee kamers in Marzahn.

Het was licht 's avonds, zegt Sabine, en het zag er hier redelijk netjes uit, niet uitgewoond, de binnenplaats rustig, ik woon nou eenmaal altijd liever in het achterhuis.

Later bleek dat er toch van alles aan gedaan moest worden en dat hebben ze gedaan: ramen, deuren en muren geschil-derd, behangen, linoleum gelegd, toen het klaar was zijn ze getrouwd. Op zesentwintig augustus negentienachtenzeven-tig, zegt Sabine langzaam en nadrukkelijk. Van de bruiloft mocht niemand iets weten, de avond tevoren hebben ze bij Stockinger Chinees gegeten en daarna zijn ze naar de film gegaan, in het Colosseum: 'Ze noemden hem Platvoet'.

Na de huwelijksceremonie zijn ze weer naar Stockinger

gegaan en hebben een koude schotel besteld. Pas een week daarna hebben ze hun ouders uitgenodigd. Burkhard ging Sabines grootouders met een auto uit Rostock ophalen en ze zaten hier allemaal in de kamer aan een rijk gedekte tafel en vroegen zich af waarom ze bij elkaar waren gehaald. In een vaas stond Sabines bruidsboeket, zo'n biedermeierboeket van zalmroze roosjes. Een neef vroeg waarom er een lint aan zat, maar behalve Sabine hoorde niemand zijn vraag. Ze vonden het allebei pijnlijk om te vertellen dat ze getrouwd waren, uiteindelijk heeft Burkhard hun trouwboekje aan die neef gegeven met de woorden: Hier, zin om te kijken? Toen barstte iedereen in snikken en lachen uit, maar Sabines moeder zei: Ik beschouw jullie nog niet als getrouwd.

Op de voordeur en brievenbus staan twee achternamen, ik zeg tegen Sabine dat ik ook dacht ze niet getrouwd was en dat er hier in huis toch al bijna geen echtparen wonen. Ja hoor, zegt ze met die vreemd geamuseerde blik van haar, we waren getrouwd. Tot september of oktober, toen kregen we problemen met afspraken, zijn we weer gescheiden. Ik geloof haar niet, vraag het aan Burkhard, die weer binnen is gekomen, hij knikt en lacht, Sabine lacht ook – zo goed liggen we mekaar nou, maar het klopt.

Ze praat daarna iets te hard: Je wou wat over de woning weten, nou, dat was ook vanwege de woning. We zijn alleen voor een woning getrouwd, om te zorgen dat we via mijn werk een tweekamerwoning kregen, maar daar ging hij van over de rooie, dat we daarvoor moesten trouwen. Ik zei, wat maakt het uit, we leven net als vroeger, maar hij ging er compleet van over de rooie. Daar is ie zo'n rare in.

Burkhard zit aan de eettafel geërgerd te kijken dat zijn vrouw zich niet kan inhouden tegenover een vreemde. Er kwam nog wat anders bij, zegt hij laconiek, maar het is waar, als je hem ergens toe wilt dwingen dan slaat hij op tilt. Hij heeft het toch eerlijk geprobeerd. Of ik hem kan vertellen waarom je in ons land alleen een AWG-woning krijgt als je getrouwd bent? De flat waarvoor ze trouwden zit er voor hen beiden niet meer in, Sabine heeft 'hemel en aarde bewogen' om te bereiken dat haar een eenkamerflatje werd toegezegd waar ze dit najaar in kan. Dat wordt dan in Marzahn en omdat haar collega's zoveel begrip voor haar hebben opgebracht zal ze er wel eerst moeten gaan zitten, moet ze wachten met ruilen tegen iets in Berlijn, zegt ze.

Sabine werkt nu vier jaar bij de machinefabriek in Marzahn op de automatiseringsafdeling, daar zit ze met zo'n twintig collega's, tien ervan zijn met elkaar getrouwd. Sabine vindt het maar niks, in haar nieuwe flatblok woont ze straks ook nog met mensen uit de fabriek, zo komt ze Marzahn nooit meer uit en hij, zegt ze met een lange blik naar de eettafel, blijft hier. Hier is het zo fijn.

Ik blijf hier mijn hele leven, zegt Burkhard. De tranen springen in Sabines ogen en ze zal me uitleggen waarom: Hij doet alleen maar wat ie leuk vindt! Hij wou alleen vrachtwagenchauffeur worden dus dat is ie geworden, sinds oktober heeft hij zijn blauwe touringcar, daar houdt ie van als een kind, rijdt anderen rond, is per maand misschien drie dagen thuis, heeft altijd de blote hemel boven zich, die zal nooit in een fabriek gaan werken! Terwijl zij, ze was het beste meisje van de klas, de wiskundeleraar heeft haar de automatisering aangepraat, ze moest de anderen maar eens bewijzen wat ze kon, en ze kan wel wat! Van wat zij doet zou hij daar geen bal begrijpen, maar zij zit wel de hele dag in een kamer zonder ramen en werkt al zes jaar in drieploegendienst!

Ik hou gewoon van mijn vak. Kan ik het helpen dat jij je hebt vergist? Burkhard zegt het zo bedaard als iemand die heeft gewonnen.

Ik ben nog een keer op een ochtend bij Sabine langsgegaan, vóór haar avonddienst. Ze zat aan het marmeren tafeltje, de tv stond aan, ze begon opgelucht over het feit dat ze niks te schaften had met dat logge wandmeubel en met die grote fauteuils ook niet, die hield haar man allemaal. Sabine moet niets van wandmeubels hebben, ze wil een paar antieke meubeltjes aanschaffen en een mooi tapijt.

Radeloos en moe praatte Sabine over het leven. Hoe lullig mannen over hun vrijheid doen, dat ze dat heel serieus nam en hem altijd in z'n eentje met vakantie liet gaan, maar dat haar man toen ook nog eens eiste dat hij een lange 'vrijgezellenvakantie' met zijn vriend kon houden, dat de boel altijd schoon en netjes was als hij van zijn tripjes thuiskwam en dat hij dan altijd onaardig deed. En waarom, dat kon ie me zelf niet uitleggen.

Dan haalt Sabine een olijfgroen legeroverhemd en een spijkerbroek, plus een panty omdat het bij haar op kantoor koud optrekt, en kleedt zich aan voor haar werk. Haar broek is de laatste keer bij het wassen gekrompen. Sabine trekt hem met haar laatste energie dicht, wordt er wakker van.

Sabine voor de spiegel: Ziet hij eruit als zevenentwintig, die geef je hoogstens tweeëntwintig, is ie nog trots ook als iemand hem zo jong schat, die wil gewoon zo jong blijven!

Sabine onder het aantrekken van haar panty: Die hoeft zich hier niet meer te vertonen, 't was tot nu toe altijd zo dat hij terugkwam maar die krijgt me een knal voor zijn harses!

Sabine onder het kammen: Iedereen denkt als ie trouwt: bij míj komt er geen ruzie. Dat dacht ik ook.

Dan is ze klaar en laat me in de keuken nog het door Burkhard getimmerde en beschilderde kruidenrekje zien, zijn motorgarage in de provisiekamer en zijn zwarte valhelm met koptelefoon en radioverbinding – ook zelf geknutseld. Sabine heeft net zo'n zwart leren pak en net zo'n zwarte valhelm als Burkhard en als ze nou niet meer mee achterop mag moet ze zelf een motor aanschaffen, zegt ze en kijkt weer zo geamuseerd en droef tegelijk. Sabine rijdt namelijk graag motor, dan ben je in contact met de wereld om je heen.

Vier hoog

Karl Werner P.

Dwars over de hele deur staat in hoofdletters gekalkt:

EEN HEEL FIJN
1980!
TINA
1-1-1980
1.26 UUR

Inmiddels is het allang zomer, de eigenaar heeft het laten staan, op de deurpost hangt aan een punaise een visitekaartje met zijn naam, zonder hoofdletters: karl werner p.

Hij doet open – een jeugdige man met een bril, een bleek gezicht en rusteloze ogen, lijkt even verrast, kijkt dan verheugd.

Kom erin, zegt hij, ik weet 't al, je wilt over me schrijven. Gaat me voor naar de woonkamer met divan, boekenkast en bureau, daarop een schrijfmachine waarin een vel papier zit ingedraaid.

Je ziet, zegt hij goedig, ik zat ook net te schrijven.

Hij legt uit dat het een recensie wordt van een pasverschenen dichtbundel, piepjong nog de dichter, zijn debuut, dan

188

moet je niet gaan kwetsen, vraagt wat ik wil drinken, er is pils in huis, haalt een flesje en een champagneglas, een dun oud glas, zet het op het buffet, schenkt het vol en praat maar door, zodat we ongeveer twee uur bij het buffet blijven staan.

Daarop bevinden zich behalve bierflesje en champagneglas een vermorzelde wekker, een doosje Copyrkal tegen migraine en het affiche voor de Potsdamse voorstelling van Heiner Müllers *Zement*.

We hebben het over mijn opzet om de bewoners van een huis te beschrijven, over fantasie en werkelijkheid. Ja maar, zegt Karl Werner P., alles wat is uitgedacht is reëler dan de realiteit! Kunst interesseert me ook alleen voor zover die deel heeft aan een mogelijke verandering van de hele maatschappelijke werkelijkheid!

Hij praat snel en zenuwachtig, wil weten of ik de nieuwe voorstelling van *Dantons dood* heb gezien, dé gebeurtenis van dit seizoen, je moet zoveel realiteit in je toneel stoppen dat duidelijk wordt hoeveel toneel er in de werkelijkheid wordt gespeeld. Ik ben zo iemand die nog gelooft dat het theater een sociale proeftuin kan zijn! Met sociaal bedoel ik niet de steeds verder afgekalfde vorm! Het gaat er juist om dat de kunsthorizon wordt verlegd en daar moet de kunst zelf aan bijdragen. En het ludieke niet vergeten! We zijn niet alleen maar een zooion politikon! – hij zwaait met zijn hand door de lucht, ziet zijn eigen uitgestoken wijsvinger, lacht, vraagt of het me te theoretisch is, of het me verveelt, het is misschien niet zo'n goed begin voor een gesprek maar hij vindt het wel belangrijk om te weten wie hij voor zich heeft. – Neem nou Büchner. Ik heb een diepgeworteld wantrouwen tegen mensen die Büchner overslaan.

Hij wipt op het buffet, op het affiche, en praat op me neer.

In deze kamer staat de boekenkast dwars, verdeelt hem in

een slaap- en een werkhoek, het raam hoort bij de werkhoek, het staat open, er stroomt warme lucht naar binnen die de gordijnen beweegt en het vel in de schrijfmachine. Tegen de muur boven het bureau zitten affiches geprikt: een met het hoofd van Brecht, een met het opschrift 'Elektrohuhn-Leipzig' en een met het hoofd van Kleist, de tekst daarop is goed leesbaar:

> Ook ik vind
> je moet je met je
> hele gewicht
> hoe zwaar of
> hoe licht het ook moge zijn
> in de waagschaal van
> de tijd werpen.

Er zit een kaartje achter gestoken uit de weegschaal bij de drogist.

Karl Werner P. laat een pauze vallen, zegt dan: Daar kun je lezen hoeveel ik in de waagschaal van de tijd heb te werpen. (Tekst op het kaartje: U weegt honderddertig pond.)

Dan begint hij over de produktiviteit van ideeën. Dat we in staat zijn om met de beschikbare kennis vraagtekens te zetten achter het leven op aarde. En dat niet pas sinds vandaag of gisteren!

De luchtstroom van buiten wordt sterker, opeens valt er een lapje blauwe zijde op de vloer. Dat hing om de lamp, zegt Karl Werner P., springt van het buffet, raapt het op, staat nu weer naast me. Dingen vasthouden, snap je, dat hoort bij de problematiek van het overleven. Lijntjes onderhouden naar de buitenwereld. Communicatie. Dat heb ik me voorgenomen, in tijden van nood.

Ik wil niet naar die tijden van nood informeren en vraag hoe de wekker zo kapot komt. Ja, daar heb je nou zoiets, zegt hij, die heb ik gisteren tegen de muur gesmeten.

Zijn jongste broer had bij hem overnacht, zijn kleine broertje dat net in dienst is en niet weet wat wat hij daarna moet gaan doen, en uit woede over zijn gejammer heeft hij, de oudste, de wekker tegen de muur gegooid.

Me kleine broertje, zegt hij voor het eerst met een licht Saksisch accent, als anderen 'm zijn step afpikten ging ik d'r op de fiets achteraan, me kleine, die heeft me nooit laten stikken, is me in het gekkenhuis elke week komen opzoeken, het hele jaar.

Karl Werner P. is verbaasd dat ik dat niet wist. Dat hoef je niet pijnlijk te vinden, zegt hij. Daar kunnen we gerust over praten, ik heb het niet verdrongen, ik weet het nog precies: ik was geschift!

Het was het resultaat van een zelfgekozen isolement, in het laatste jaar van zijn studie (als de anderen op je voor komen te liggen, snap je wel). Eerst was hij niet meer naar de vergaderingen gegaan, toen ook niet meer naar college, daarna had hij naar zich laten zoeken, een listig systeem bedacht om onvindbaar te blijven, en toen had hij God ontdekt. Toen hij zich in Bobrowski verdiepte. Eigenlijk wou hij alleen een medestudente met haar eindscriptie helpen.

Hij zit allang weer op het buffet, bungelt met zijn benen, keurig in de kleren, lichtbruin overhemd, bruine broek. Het begint donker te worden in de kamer, ik rammel, vraag of hij een boterham voor me heeft, hij legt zijn hand op mijn arm en zegt: Zo meteen krijg je een lekker maaltje, ik wil 't je alleen nog even uitleggen.

Het hiernamaals, dat was voor mij de wereld waar alles in orde was, maar hoe kwam je daar...? Ik ontdekte dat de engelen altijd verkeerd waren geïnterpreteerd en was van mening dat het in feite onze zintuigen zijn die ons de toegang tot het paradijs belemmeren, dus ging het erom die zintuigen de baas te worden. Heb getraind om mezelf onstoffelijk te maken, wou ook anderen bekeren, een messiascomplex, bekende kwestie, het egocentrisme. Maar nou God. Die mocht niet boven me staan, hè...

Hij blijft even stil, kijkt gespannen of ik het zal raden. Nee? Goed dan: dat was ik zelf.

In de schemering ziet hij er nog bleker uit dan daarstraks bij het opendoen, met joekels van ogen achter zijn brilleglazen, hij glimlacht.

Kijk hè, dat is de geldingsdrang. Die heb ik nu nog. Wat ik doe moet geldigheid krijgen.

Een hele tijd zat die geldigheid 'm in uiterlijkheden. Ik heb mijn vriendin op mijn kosten meegenomen naar de Hoge Tatra, met het vliegtuig, die landen daar op vijftienhonderd meter boven de zeespiegel, ik heb feesten gegeven, per keer voor duizend mark, ik ben mijn schulden nou nog aan het afbetalen.

Onverwacht springt hij weer van het buffet, wroet in zijn bureauladen, wil me gedichten laten zien:

> In het hart van de stad
> compost grafheuvels verleden
> ontsproten aan aarde en knekels
> het oppervlak nu grasbegroend
> erover lopen wegen

(dat gaat over het feestterrein in Dessau, een voormalige begraafplaats), of dit, alliteratie:

ben bij blonde Barber aan 't brassen

(was alleen voor de grap), maar deze:

> Monoloog van de gele rups:
> Ik kruip slechts moeizaam over kille grond
> bang dat iemand me vermorzelt
> Wie weet er nu
> wie ik werkelijk ben
> op dit moment de Gele Rups
> maar in mij huist een
> schitterend bonte vlinder.

Knikt, ja, dat was ik! Ik was de gele rups!

Het bier is op, er waren maar twee flesjes, hij stelt voor om iets te drinken te gaan halen. In het café op de hoek is er bij de bar geen doorkomen aan, drie dikke mannen houden hem bezet, hangen er breeduit met hun armen op, twee tellen flappen in elkaars hand af, de kroegbaas zet glazen op een nat dienblad. Als jij nog geld hebt, zegt Karl Werner P. tegen me, kunnen we wijn nemen. Staat stil achter de dikke mannen, wacht geduldig, vraagt opeens: Houd je ook zo van een zekere verfijning? Knikt dan – alle luxe is door het kapitalisme uitgevonden, de bourgeoisie heeft hem alleen aan de man weten te brengen.

Eindelijk overhandigt de kroegbaas ons een fles witte wijn, we kunnen weg.

In de keuken snijd ik brood, Karl Werner P. haalt etenswaren uit de koelkast, alles is heel ordelijk en schoon, hij praat over blikjes, tomaten, boter, ik smeer boterhammen, hij begint over zijn afkomst. Zijn vader kwam uit Pommeren, zijn moeder uit Bohemen, zijn vader was leraar Duits in Dessau, zijn moeder huisvrouw, Karl Werner was de oudste zoon, moest officier worden. Na twee jaar dienst werd hij afgekeurd. Zijn vader zegt nu nog: Je had er heel anders voor kunnen staan.

Karl Werner lacht boos. Ja, in het gekkengesticht is er flink de bezem door gehaald!

Ik snijd uien en tomaten, er verspreidt zich een zomerse geur, ik ben vaak in Bohemen geweest, zegt Karl Werner P., dat komt weer langzaam bij me bovendrijven, het Boheemse.

We brengen thee, kopjes, glazen en het bord met boterhammen naar de kamer, zitten in oude luie stoelen aan tafel, Karl Werner P. blijft onder het eten doorpraten, legt uit wat er in de recensie komt die hij nog wil schrijven, waarom hij het expres voorzichtig aanpakt.

Tegen de muur achter hem hangt een schilderij in een gouden lijst. Uit een lichtblauwe zee verrijst een eiland, erop groeit een berkenbos. De lucht boven het eiland is blauw met rafelige witte wolken. Bomen en wolken zijn ook op het water geschilderd – een weerspiegeling.

Karl Werner P. merkt dat ik over hem heen naar het schilderij kijk, draait zich ernaar om, dat heeft zijn overgrootvader geschilderd. Ik zeg dat het net leek alsof het op het schilderij donkerder werd, het water onrustiger, alsof het schilderij aan zijn eigen nacht doet, en hij knikt.

In de periode dat ik geschift was zat ik soms uren naar dat schilderij te staren, dan kwam alles in beweging. Maar echt dolgedraaid ben ik pas thuis, op 24 december 1979 – kerstavond, de geboorte van Christus –, toen wilden bij ons de elektrische kaarsen niet branden. Mijn vader verbaasd, die hebben het anders altijd gedaan, maar opeens wist ik, dat komt door mijn uitstraling, ik ben Jezus!

Karl Werner P. zwijgt even, zegt dan zachtjes: Dat hield ik

voor me, ik was trots. Ingebeeld.

Naderhand had hij zich ook wel afgevraagd: waarom speciaal ik? En het als een kwelling ervaren, die opdracht, vooral dat: laat je niet nog eens aan het kruis nagelen! Dan beschrijft hij zijn gevoel van almacht, hij had alles kunnen veranderen maar vreemd genoeg bestond er geen noodzaak toe, alleen één keer heeft hij schipbreukelingen gered. Dat was bij een film op de buis, hij heeft toen gezorgd dat ze gered werden, nog eer de film was afgelopen.

We lachen, hij is blij dat hij toch nog amusant is, ik vraag of hij weleens een echte baan heeft gehad.

Jawel, heeft hij. Bij de tv, bij een krant en zelfs een keer in de partijleiding van een chocoladefabriek. Daar heeft hij een jeugdbrigade samengesteld en zich druk gemaakt over de kwestie van het lopende-bandwerk. Hoe je die kon oplossen. En dan had je in dat bedrijf ook nog de kwestie van de rationalisering van de noisetteproduktie. Likeurnoisettes, geleinoisettes, choconoisettes, heeft hij nog samen met een ingenieur een nieuw soort notenstrooiselapparaat ontwikkeld.

Kijk hè, zegt hij weer zachtmoedig, daar hebben we het nog helemaal niet over gehad.

Snap je, ik heb er een hele tijd naar gestreefd om erachter te komen hoe de wereld in elkaar zit, toen wilde ik er niks meer mee te maken hebben en nou wil ik er op een andere manier doorheen kijken. Ook een beetje naar buiten treden.

Hij begint over zijn plannen – een reportage over invalide kinderen, een toneelstuk, een hoorspel, niet te vergeten afstuderen als extraneus in de germanistiek –, vraagt of ik iets met rockmuziek heb en of je beter met een bandrecorder kunt werken dan stenograferen.

Ik heb het graag live, zegt hij.

In het zwakke licht zijn de contouren van zijn gezicht

helemaal vervaagd, hij heeft de godganse avond bijna zonder onderbreking op me ingepraat, zacht maar nadrukkelijk als tegen een leerling waar hooggespannen verwachtingen van worden gekoesterd.

Kijk hè, zegt hij, ervaringen zijn niet over te dragen. Maar je maakt mij niet wijs dat de wereld niet principieel te veranderen is. Vandaar dat ik geen hoge dunk heb van de heren Goethe-Hauptmann-Hacks! Ik zou niet graag met Goethe om de tafel zitten. Heine? Met Heine wel! Tegen Heine zou ik zeggen: Hou nou 's je kop, man, als het me teveel werd. En met Büchner ook. Maar veel belangrijker dan de hele literatuur is misschien wel de factor vrouw, die moet meer uit de verf komen. Dat is misschien wel onze redding.

Sinds hij uit de inrichting is ontslagen werkt Karl Werner P. als corrector, verdient aardig, heeft een langlopende afbetalingsregeling getroffen voor zijn schulden en is tevreden met zijn werk.

Naschrift

In september 1981 heb ik de in dit boek geïntroduceerde personen voor zover ze bereikbaar waren het manuscript voorgelegd dat over hen ging en toestemming gekregen voor publikatie. Dat was een gelegenheid om mijn verslag nog eens te vergelijken met de situatie en waar nodig aan te vullen.

Voorhuis

parterre links: in mevrouw L.'s leven is sindsdien niets wezenlijks veranderd.

parterre rechts, één hoog links: Erika en Peter B. zijn aangehouden wegens hun poging de DDR illegaal te verlaten, hun bakkerij is overgenomen door een brood en banket-PGH oftewel ambachtelijke brood- en banketproduktiecoöperatie.

één hoog midden: Rita U. is onvindbaar gebleven.

één hoog rechts: Regina S.' bevalling is voorspoedig verlopen, haar zoon Mario is al vier maanden en gezond, Regina S. is ontzettend enthousiast over de verpleging in haar eigen kliniek.

twee hoog links: de woning is toegewezen aan een vrouw van zeventig met haar moeder van vierennegentig.

twee hoog midden: in het leven van mevrouw F. is sindsdien niets wezenlijks veranderd.

twee hoog rechts: de woning staat nog leeg maar er wordt aan gewerkt, de buurvrouw klaagt over het onophoudelijke gehamer en geboor: 'Da's toch niet normaal meer? Maar ja, 't is ook geen wonder, vandaag de dag willen ze nou eenmaal alles hebben.'

drie hoog links: Mario M. werkt in het kader van het leerlingenstelsel als omroeptechnicus.

drie hoog midden: Erna M. heeft het erover dat ze dit najaar doodgaat. Over Sobowitz zegt ze: 'Je wou weleens wat anders zien en ging daar weg, maar het was er niet de goeie tijd voor.'

drie hoog rechts: Bruno C. is op 28 september 1980 op de intensive care van het ziekenhuis Nordmarkstraße na zijn derde hartaanval overleden en ligt begraven op de St. Georgbegraafplaats aan de Roelkestraße, helemaal achteraan rechts waar de zerk al klaarstond met zijn naam er ook al ingebeiteld, naast die van zijn vrouw en schoonmoeder, zodat alleen zijn sterfdatum nog ingevuld hoefde te worden.

vier hoog links: in het leven van Irmtraut en Werner G. is sindsdien niets wezenlijks veranderd.

vier hoog midden: Marina en Ralf S. hebben drie huizen verderop in een winkelwoning een atelier ingericht.

vier hoog rechts: Manfred M. is om gezondheidsredenen afgelost als brigadier.

Binnenplaats

werkplaats: In mevrouw G.'s leven is sindsdien niet wezenlijks veranderd. Over de jeugd van tegenwoordig wil ze nog toegevoegd zien: 'Die zijn niet echt vroeger rijp dan wij waren, maar ze halen hun rijpheid met geweld uit zichzelf.'

Dwarsgebouw

parterre links: De fotograaf liet me ditmaal meteen zijn laboratorium zien en legde me omstandig uit wanneer en waarom het was gesloten, opdat maar niemand zou denken dat er bij hem niet gewerkt werd.

parterre midden: Mevrouw S. zegt dat er voor haar niets anders opzit dan op haar dood wachten, zolang zal ze de medebewoners ten spijt de katten blijven voeren. 'Die ergeren zich er wel groen en geel aan, maar een kat is ook een schepsel, heeft ook niemand om zijn leven gevraagd.'

parterre rechts: In het leven van Peter M. en Sylvia S. is sindsdien niets wezenlijks veranderd.

één hoog links: Richard S. is in mei overleden. Mevrouw S. zegt dat ze zich het alleenzijn mooier had voorgesteld, er is niks aan, met z'n tweeën was het toch beter, en het was een beste man geweest.

één hoog midden: Bert T. werkt als natuurkundig laborant, wil in juli 1982 eindexamen doen aan de volkshogeschool in Berlijn-Mitte en daarna kijken of hij informatica kan studeren. Hij knutselt niet meer aangezien hij dat in werktijd al genoeg moet doen, maar doet aan sport (skiën in de Alpen).

één hoog rechts: Angela S. is getrouwd en naar de driekamerwoning van haar nieuwe man in het centrum verhuisd. Zijn ex heeft met Angela geruild en woont nu in Angela's woning.

twee hoog links: De familie F. is verhuisd zonder achterlating van haar nieuwe adres.

twee hoog midden: Mevrouw Z. is als vanouds niet genegen om me te woord te staan.

twee hoog rechts: Sibylle N. is verhuisd, na haar jaar ouderschapsverlof nog een jaar thuis gebleven, sinds augustus is ze weer aan het werk, getrouwd is ze niet.

drie hoog links: In mevrouw H.'s leven is sindsdien niets wezenlijks veranderd.

drie hoog midden: Hella A. heeft haar studie een jaar onder-
broken omdat ze voor een tentamen was gezakt, ze werkt en
wil na het hertentamen verder studeren. In het leven van
Rüdiger P. is niets wezenlijks veranderd. Aan de tekst wil hij
graag toegevoegd zien dat hij waarschijnlijk geprikkeld heeft
gereageerd omdat hij het onmogelijk achtte dat je bij een
eerste kennismaking over essentiële dingen kunt praten; en
dat wij sowieso niet gewend zijn dat zulke gesprekken een
openbaar karakter kunnen hebben.

drie hoog rechts: Peter N. heeft nog twee nachten vergeefs op
bakstenen gewacht, de rest liep allemaal op rolletjes, half
september is het bij hem pannebier, hij gaat ervan uit dat hij
in juni 1982 in zijn nieuwe huis kan trekken.

vier hoog links: in mevrouw N.'s leven is sindsdien niets
wezenlijks veranderd. Ze wacht vol spanning op de resultaten
van Erich Honeckers reis naar Mexico, vraagt zich af of hij
iets tegen de neutronenbom kan beginnen.

vier hoog midden: Burkhard B. bestuurt nog steeds de blauwe
touringcar, Sabine S. is naar een eenkamerflat in de nieuwbouw in Marzahn verhuisd, wil het daar een jaar uitzingen en
dan via woningruil weer naar Berlijn terug.

vier hoog rechts: in Karl Werner P.'s leven is sindsdien niet
wezenlijks veranderd.

Noten

1 Kommunale Wohnungsverwaltung = gemeentelijke huisvestings-
dienst (noot vert.).

2 'Pioniers' waren kinderen van 6 tot 14 die in de jeugdorganisatie
'Ernst Thälmann' werden opgevoed tot 'algemeen ontwikkelde socialistische persoonlijkheden' en voorbereid op het lidmaatschap van
de FDJ. Nagenoeg alle kinderen waren lid van deze organisatie omdat
niet meedoen betekende: uitstoting uit de groep, lage cijfers op
school, geen toegang tot de gekozen opleiding laat staan tot een
leidinggevende functie (noot vert.).

3 Gebouw voor culturele manifestaties, nuttige vrijetijdsbesteding en
politieke vorming; omvatte meestal een toneel- en filmzaal, een
bibliotheek en ruimtes voor doe-het-zelfcursussen, musiceren en
tafeltennis. Hier werden de toneel- en muziekvoorstellingen gegeven
van de Concert- en Gastvoorstellingendirectie, het staatsimpresari-
aat dat alle uitvoerende kunstenaars onder contract had en hun
optredens regelde (noot vert.).

4 Dat was in 1980 niet veel, maar helaas wel het doorsneeloon van
werkende vrouwen.

5 Een grote winkel met huishoudelijke artikelen aan de Schönhauser
Allee.

6 Parlementsgebouw annex cultuurpaleis in het oude centrum van
Berlijn, in 1973–76 als architectonisch symbool van de volksdemo-
cratie neergezet op de plek waar vroeger de stadsresidentie van de
Hohenzollern stond. In de volksmond 'Palazzo Protzi' (noot vert.).

7 Resp. de eerste naoorlogse intendant van het Deutsche Theater in
Oost-Berlijn en een jong overleden acteur bij het volkstoneel.

8 Zoon van de sociaal-democraat Friedrich Ebert, de eerste president
van de republiek van Weimar. Fritz was een van de weinige SPD'ers
die in 1946 bij de samensmelting van SPD en KPD tot SED niet uit de
partij stapte. Was jarenlang burgemeester van Oost-Berlijn.

9 In 1898 opgerichte bond van oud-strijdersorganisaties, in de nazitijd
omgevormd tot reserve-eenheid van de SA (noot vert.).

10 Om de paar jaar gehouden festival voor de internationale communistische jeugd met politieke, culturele en sportieve evenementen
(noot vert.).

11 Irène Joliot-Curie, dochter van Pierre en Marie Curie, ontving in
1935 met haar man Frédéric Joliot de Nobelprijs voor chemie; werd
in 1951 door de Franse regering wegens haar communistische over-

tuiging uit de nationale atoomenergiecommissie gezet (noot vert.).

12 voorman (noot vert.).

13 De tenminste duizend verplichte arbeidsuren voor elke bewoner van
de DDR; het werk liep uiteen van het opknappen van huizen tot het
aanleggen van parken en kinderspeelplaatsen, kortom, alles wat blijk
gaf 'van de creatieve rol van de volksmassa's bij het opbouwen van
het socialisme en tevens van de overeenstemming tussen maatschappelijke, collectieve en individuele belangen' (noot vert.).

14 Voor particulieren was er in de DDR niet of nauwelijks bouwmateri-
aal te koop. Toch werd er van meet af aan druk getimmerd en
gemetseld in de achter- en volkstuinen, dankzij degenen die 'materiaal meebrachten'. Dat waren doorgaans bouwvakkers die het op de
bouwplaats stalen (noot vert.).

15 Iemand die op zijn terrein voorbeeldig werk had geleverd en daarvoor een eretitel van de overheid kreeg, al of niet in combinatie met
een medaille of envelop met inhoud. De meeste activisten waren
arbeiders, voor de beter gesalarieerden bestond de kans op uitverkie-
zing tot 'held van de arbeid', waaraan een veelvoud aan geld verbon-
den was (noot vert.).

16 Door de bevolking onbetaald allerlei klusjes te laten verrichten
bespaarde de overheid veel geld. Aan dit zogenaamde 'vrijwillige'
werk, dat symbool werd gesteld voor het goede functioneren van de
'socialistische gemeenschap', kon lang niet iedereen zich ongestraft
onttrekken. Studenten b.v. konden in zo'n geval hun collegekaart
kwijtraken.

17 Deutsche Film AG, de opvolger van de UFA.

18 Winkel waarin uitsluitend met westerse valuta betaald kon worden
voor produkten uit het Westen en de topkwaliteit uit eigen land.
Het aanbod omvatte voedings- en genotmiddelen, cosmetica, textiel
en elektrische apparaten (noot vert.).

19 De gemiddelde wachttijd voor een auto was twaalf jaar (noot vert.).

20 ...der Mohr kann gehen, vrij naar: Schiller, *Der Verschwörung des
Fiesco zu Genua* (noot vert.).

21 Gironummer waarop giften ten bate van een bepaalde solidariteits-
actie konden worden gestort (noot vert.).

22 Samenwerkingsverband van verschillende bedrijven binnen één sector met de bedoeling een grotere efficiëntie in de produktie te
bereiken (noot vert.).

23 Schoolklasgewijze plechtige opname van 14-jarigen bij de volwasse-
nen, waarbij ze de gelofte moesten afleggen hun leven voortaan
geheel in dienst te stellen van het reëel bestaande socialisme in de
DDR (noot vert.).

24 Betriebsmeß-, steuer- und regeltechniker = meet-, stuur- en regel-
technicus.

25 Jonge gemeente: kerkelijke groepering die grondwettelijk gedoogd
maar in de DDR-praktijk amper geduld werd. Wie hiervan lid werd
kon rekenen op een marginaal bestaan (noot vert.).

26 Heinrich Zille (1858–1929), zeer populair door zijn spotprenten en
genretekeningen (in o.m. *Simplizissimus*) van wat hij noemde 'zijn
milieu', het Berlijnse proletariaat (noot vert.).

27 arbeiderswoningbouwvereniging.

28 Cahier waarin de huisbeheerder of -eigenaar of een 'huisvertrouwens-
man' de personalia van alle vaste en tijdelijke bewoners (waaronder
logés) van een huis bijhield. Hij of zij diende alle aan- en afmeldin-
gen door te geven aan de politie (noot vert.).